红色经典阅读丛书

爱国诗文精选

米 农◎编选

海口·南方出版社

图书在版编目（CIP）数据

爱国诗文精选 / 米农编选 . — 海口 : 南方出版社，
2021.7
（红色经典阅读丛书）
ISBN 978-7-5501-6752-0

Ⅰ . ①爱… Ⅱ . ①米… Ⅲ . ①中国文学—作品综合集
Ⅳ . ① I211

中国版本图书馆 CIP 数据核字（2021）第 132741 号

爱国诗文精选
AIGUO SHIWEN JINGXUAN

米 农 编选

责任编辑：古　莉
出版发行：南方出版社
社　　址：海南省海口市和平大道 70 号
邮政编码：570208
电　　话：（0898）66160822
传　　真：（0898）66160830
印　　刷：保定市铭泰达印刷有限公司
开　　本：710mm×1000mm　1/16
印　　张：9.5
字　　数：119 千字
版　　次：2021 年 7 月第 1 版
印　　次：2021 年 7 月第 1 次印刷
定　　价：22.80 元

编委会

总主编 朱永新　　　**总策划** 闻　钟

专家审定委员会

王本华　　教育部统编本中学语文教科书执行主编

张圣洁　　河北省社科院语言文学研究所前所长、研究员

高红樱　　天津财经大学新闻与文化传播学院（筹）院长、教授

邓玉环　　华南师范大学副教授、硕士生导师

张立克　　东北大学副教授、硕士生导师

郎　镝　　吉林省教育学院中学语文教研员，吉林大学文化理论研究所研究员

余秋妹　　江西奉新冯川三小校长、高级教师，"赣教云"红色课程主讲人

参编人员

李　超　　郭　壮　　刘　勇　　陈　敏　　刘亚飞　　张丽颖

陈璐璟　　胡伟叶　　郭春燕　　李珊珊　　荆　杰　　李立强

走进
爱国诗文
zoujin
aiguo shiwen

　　中华文明，源远流长；中华文化，灿若星河。在我国灿烂的文化长河当中，无数仁人志士为中华民族留下了难以计数的诗词和文章，他们以诗达意，以文传志，为我们记录了古今巨变的沧海桑田，书写了民族发展的宏伟画卷。一句"国家不幸诗家幸"，承载的不仅是中华民族灿烂的文化瑰宝，更集中概括了中华民族艰苦奋斗、敢于进取的精神力量。在这股力量中，"爱国"则是凝聚中华儿女团结向上、追求美好生活的共同信仰，也正是因为这份信仰的独特魅力，使其成为历代诗人、作家难以割舍的精神追求。

　　无论是范仲淹"先天下之忧而忧，后天下之乐而乐"的担当精神，还是陆游"王师北定中原日，家祭无忘告乃翁"的家国情怀，抑或是林则徐"苟利国家生死以，岂因祸福避趋之"的豪迈气节，这些时代不同、表达方式不同的诗句在不同层面反映了他们的爱国热忱，而这种爱国情怀不仅是一种华丽的文学书写，还是亿万中华儿女的心灵归属，更是中华民族传承不息的精神基因。这些诗文中所记录和刻画的君与臣、国与民，他们命运与共，休戚相关，共同彰显着坚不可摧的爱国使命与难以泯灭的爱国精神。

　　《爱国诗文精选》按题材可大致分为古诗词、古文、现代文和现代诗四部分。古诗词和古文两部分主要选取历代爱国名篇，如曹植的《白马篇》、杜甫的《春望》、班固的《苏武传》、诸葛亮的《出师表》等。现代

文和现代诗部分主要选取近现代具有爱国主义情怀的大家名作，如鲁迅的《中国人失掉自信力了吗》、李大钊的《庶民的胜利》、方志敏的《清贫》、郭沫若的《炉中煤》、戴望舒的《我用残损的手掌》等。这些作品通过对爱国精神的多层次展现，彰显了不同时代的精神风貌和爱国方式。

这些爱国诗词和文章之所以能够经久不衰、广为流传，并在新的时代焕发出新的生机，是因为它们蕴含着中华民族丰富而深邃的精神文明，传承着中华民族浩瀚悠久的文化传统，它们思想的光芒能照亮人心的每一个角落，还能在历史变迁中不断被赋予新的时代内涵。

《白马篇》中"捐躯赴国难，视死忽如归"的游侠儿是文学史上英雄少年的典型；《石灰吟》中"粉骨碎身浑不怕，要留清白在人间"的浩然正气是历代高尚文人的座右铭；《中国人失掉自信力了吗》中对腐朽势力的痛彻批判成为进步人士走向革命道路的宣言；写下"人生自古谁无死？留取丹心照汗青"的豪言壮语、历经磨难却誓死不降的文天祥成为中国脊

梁的代表。这些爱国诗文经过岁月的淘洗与沉淀，成为中华民族精神文明长河中熠熠生辉的不朽记忆。

除了汲取精神力量之外，我们还能从这些诗里感受传统文化中最具中国人文特色的内涵。天下之本在国，国之本在家，家国情怀是中华民族优秀传统文化的重要内容。从战乱中"烽火连三月，家书抵万金"的悲泣，到战场上"万里乡为梦，三边月作愁"的乡愁，无不寄托着强烈的乡关之思、家国之念。从屈原、文天祥，到李大钊、闻一多，他们无不怀着一颗为祖国的生存发展而奋斗的赤子之心。家国情怀因此成为最具中国特色、最具中国精神的文化内涵。

千载之下，时光流转，相信这些诗文所蕴含的精神力量，将帮助我们培养积极向上的人生态度，树立远大崇高的人生理想，形成受用一生的优秀品质。让我们走进这部洋溢着家国情怀与爱国热忱的时代篇章中，去感受这些爱国思想的熏陶和洗礼！

滿江紅

三十功名塵與土
八千里路雲和月
莫等閒
白了少年頭
空悲切

• MULU •

古诗词

古 文

现代文

现代诗

古诗词

　　《诗经》是我国最早的一部诗歌总集，分为"风""雅""颂"三大类，收集了西周初年至春秋中叶的诗歌，现存305篇（另有6首有诗题而无辞）。《诗经》在先秦时代称为《诗》，或取概数称为《诗三百》。《诗经》中的《秦风》共十篇，是秦地先民的民歌，大多反映的是秦地百姓的民风民俗。

无 衣

《诗经·秦风》

岂曰无衣？与子同袍①。
王于兴师，修我戈矛，与子同仇。

岂曰无衣？与子同泽②。
王于兴师，修我矛戟，与子偕作。

岂曰无衣？与子同裳③。
王于兴师，修我甲兵④，与子偕行。

注释

① 袍：袍子，中式长衣服的通称。古代行军的人，白天穿着袍服，夜晚将其当被子盖。
② 泽：通"襗"。汗衣；内衣。
③ 裳（cháng）：本义指下身穿的衣服。此处指护腿的战裙。
④ 甲兵：铠甲和兵器，泛指武备。

导读

　　本诗选自《诗经·秦风》，是一首描写秦兵抵御外敌入侵的军中战歌。全诗共三部分，通过"岂曰无衣""与子同……"的三次问答，呈现了秦地士兵共赴战场、并肩作战、携手前进的三个场景。诗歌语言回环往复，节奏轻快明亮，充满着积极向上、热情豪放的思想情感，反映了战友之间深厚的情谊与慷慨为国的战斗豪情。

屈原（约前340—约前278），芈姓，名平，字原，战国时期楚国诗人、政治家。屈原常以"香草美人"自居，其诗歌充满忠君爱国思想。代表作有《离骚》《天问》等。

九歌·国殇

屈 原

操①吴戈兮被犀甲②，车错毂③兮短兵接④。

旌蔽日兮敌若云，矢交坠兮士争先。

凌⑤余阵兮躐⑥余行，左骖⑦殪⑧兮右刃伤。

霾⑨两轮兮絷⑩四马，援玉枹⑪兮击鸣鼓。

天时怼⑫兮威灵怒，严杀尽兮弃原野。

出不入兮往不反，平原忽兮路超远。

带长剑兮挟秦弓，首身离兮心不惩。

诚⑬既勇兮又以武，终刚强兮不可凌。

身既死兮神以灵，魂魄毅兮为鬼雄。

注释

① 操：手持。

② 犀甲：犀牛皮制的铠甲。

③ 毂（gǔ）：车轮的中心部分，有圆孔，可以插轴。

④ 短兵接：双方用刀剑等短兵器搏斗，面对面地进行针锋相对的斗争。

⑤ 凌：侵犯。

⑥ 躐（liè）：践踏。

⑦ 骖（cān）：古代指驾在战车两旁的马。

⑧殪（yì）：死。

⑨霾：通"埋"。掩埋；盖住。

⑩絷（zhí）：用绳索绊住马足。

⑪枹（fú）：同"桴"。鼓槌。

⑫怼（duì）：怨恨。

⑬诚：确实。

导读

　　《九歌·国殇》是屈原为祭奠阵亡将士所作的挽诗。此诗前半部分描写了战斗情况的激烈与将士血战沙场的英勇，歌颂了楚国将士同仇敌忾的英雄气概。然而，战争究竟以惨败而告终，故诗人在后半部分多用魂灵、鬼雄等意象来抒发情怀，希望这些阵亡的将士继续用自己的魂灵来守护楚国，帮助国家逆转败局，使百姓摆脱生灵涂炭的惨状，渲染出一种超现实的浪漫主义色彩。全诗情感真挚热烈，节奏抑扬顿挫，表达了诗人悲壮的内心思绪与凛然亢直的爱国情操。

曹植（192—232），字子建，沛国谯县（今安徽亳州）人，三国魏诗人。曹操之子，封陈王，谥思，世称"陈思王"。曹植的诗善用比兴手法，语言精练而辞采华茂，对五言诗的发展有显著影响。代表作有《洛神赋》《白马篇》等。

白马篇

曹 植

白马饰金羁①，连翩②西北驰。

借问谁家子，幽并③游侠儿。

少小去乡邑④，扬声⑤沙漠垂⑥。

宿昔⑦秉良弓，楛矢⑧何参差⑨。

控弦⑩破左的⑪，右发摧月支⑫。

仰手接飞猱⑬，俯身散⑭马蹄⑮。

狡捷⑯过猴猿，勇剽若豹螭⑰。

边城多警急，胡虏数⑱迁移。

羽檄⑲从北来，厉马⑳登高堤。

长驱蹈匈奴，左顾凌㉑鲜卑。

弃身㉒锋刃端，性命安可怀㉓？

父母且不顾，何言子与妻？

名编壮士籍㉔，不得中顾私㉕。

捐躯赴国难，视死忽如归。

注释

① 羁：马笼头。

② 连翩：形容连续不断。此处用来形容白马飞驰。

③ 幽并：幽州和并州。

④ 去乡邑：离开故乡。

⑤ 扬声：传播名声。

⑥ 垂：同"陲"。边陲；边地。

⑦ 宿昔：向来。

⑧ 楛（hù）矢：用楛木做杆的箭。

⑨ 参（cēn）差（cī）：长短、高低、大小不齐；不一致。此处形容箭多。

⑩ 控弦：拉弓；持弓。

⑪ 左的：左边的箭靶。

⑫ 月支：箭靶的名称。

⑬ 飞猱（náo）：善于攀缘腾跃的猿。

⑭ 散：破。

⑮ 马蹄：箭靶的名称。

⑯ 狡捷：灵活敏捷。

⑰ 螭（chī）：古代传说中没有角的龙。

⑱ 数：屡次。

⑲ 羽檄（xí）：古代军事文书，插羽毛以示紧急，必须迅速传递。

⑳ 厉马：催马；策马。

㉑ 凌：压制。

㉒ 弃身：舍身。

㉓ 怀：顾惜；爱惜。

㉔ 壮士籍：兵士的名册。

㉕ 中顾私：内心顾念私事。

导读

　　本诗是曹植前期诗歌中的代表作。诗歌以热情激扬的笔调塑造了一个边塞游侠形象。他名声在外，武艺高强，左右开弓，百发百中，比猿猴还灵巧敏捷，像豹螭一样勇猛剽悍。当外敌入侵、战事紧急的时候，他毫不犹豫地奔赴沙场，冲锋陷阵，视死如归，为国建功立业。诗人通过塑造"游侠儿"这个形象，歌颂了英雄少年为国献身、英勇无畏的高尚情怀，表达了诗人想要建功立业的雄心壮志和以身报国的豪迈气概。

杨炯（650—约693），唐代诗人。华阴（今属陕西）人，与王勃、卢照邻、骆宾王并称"初唐四杰"。

从军行

杨 炯

烽火照西京①，心中自不平。
牙璋②辞凤阙③，铁骑绕龙城④。
雪暗⑤凋⑥旗画⑦，风多杂鼓声。
宁为百夫长⑧，胜作一书生。

注释

① 西京：长安。
② 牙璋：古代的一种兵符。此处借指将帅。
③ 凤阙：汉代宫阙名。此处借指皇宫、朝廷。
④ 龙城：古城名。此处指敌军要地。
⑤ 雪暗：大雪弥漫。
⑥ 凋：此处指使……褪色。
⑦ 旗画：军队旗子上的画。
⑧ 百夫长：旧时统率一百个士兵的小头目，泛指低级军官。

导读

　　本诗是一个怀才不遇、意欲投笔从戎的读书人的自白。诗歌前四句通过"烽火"暗示边疆告急，唤起将士胸中的满腔热血。于是京城上下群情激愤，吹响了战斗的号角。诗歌的五、六句，通过渲染风雪吹、战鼓擂的凄切场景，侧面烘托出战况的激烈与悲壮，表现了将士们勇猛无畏的英雄气概。在最后两句，诗人将视角拉回自身，抒发了不愿做手无寸铁的书生，只愿从军战斗保家卫国的满腔热情。

王翰，生卒年不详，字子羽，唐代诗人。晋阳（今山西太原西南）人。其诗善于描写边塞生活，数《凉州词》最为有名。

凉州词（其一）

王 翰

葡萄美酒夜光杯[①]，欲饮琵琶马上催[②]。
醉卧沙场[③]君莫笑，古来征战几人回？

注释

① 夜光杯：一种美玉所制的酒杯。此处形容酒杯精致华美。
② 马上催：在马上弹奏琵琶以示催促。
③ 沙场：此处指战场。

导读

这首诗的前两句以军中聚会为背景，描述了将士们在紧张的战争生活中难得的欢愉。诗人将这场筵席描写得盛大华美，有夸张成分，目的是通过将士们此刻的欢乐衬托出他们战争生活的艰辛。诗歌后两句以将士口吻诉说，"醉卧沙场君莫笑"带着几分戏谑，却又透露出深深的悲凉。"古来征战几人回"以古论今，不仅反映出戍边将士们及时行乐的心态，同时也体现了他们将生死置之度外的豁达与豪爽，以及保家卫国的志向与信念。

王昌龄（？—约756），唐代诗人。字少伯，京兆长安（今陕西西安）人。擅长七绝，多写当时边塞军旅生活，气势雄浑，格调高昂。

出塞（其一）

王昌龄

秦时明月汉时关①，万里长征人未还。
但使龙城飞将②在，不教胡马③度阴山④。

注释

① 秦时明月汉时关：这句诗运用了"互文"的手法。意思是"秦汉时的明月，秦汉时的关"。
② 飞将：汉代名将李广。
③ 胡马：此处指入侵的外族骑兵。
④ 阴山：在今内蒙古中部及河北北部。

导读

这首诗是王昌龄创作的边塞组诗《出塞》（共两首）中的第一首。诗歌前两句从明月、边塞落笔，精练地概括了边塞千年来战火未平、征人戍边的历史事实，揭示了战争的残酷性。后两句则隐晦地抨击了当时边将的无能，表达了诗人对胜利的期盼。全诗包含了诗人复杂的情感，既有对人民被战争摧残的同情，又有对国家荣誉和战争正义的维护，一句"不教胡马度阴山"透露出诗人满腔的爱国热情和早日克敌的愿望。

高适（约700—765），字达夫，渤海蓨（今河北景县）人。唐代诗人。其人熟悉军事生活，所作边塞诗，对边地形势和士兵疾苦均有反映，《燕歌行》为其代表作。

燕歌行　并序

高　适

开元二十六年，客有从元戎①出塞而还者，作《燕歌行》以示。适感征戍之事，因而和②焉。

汉家③烟尘④在东北，汉将辞家破残贼⑤。
男儿本自重横行⑥，天子非常赐颜色⑦。
摐⑧金伐鼓下榆关⑨，旌旆⑩逶迤⑪碣石间。
校尉羽书飞瀚海⑫，单于猎火照狼山⑬。
山川萧条极边土，胡骑凭陵⑭杂风雨。
战士军前半死生，美人帐下犹歌舞。
大漠穷秋⑮塞草腓⑯，孤城落日斗兵稀⑰。
身当恩遇常轻敌，力尽关山未解围。
铁衣⑱远戍辛勤久，玉箸⑲应啼别离后。
少妇城南欲断肠，征人蓟北空回首。
边庭飘飖那可度，绝域⑳苍茫更何有。
杀气三时作阵云，寒声一夜传刁斗。
相看白刃血纷纷，死节从来岂顾勋！
君不见沙场征战苦，至今犹忆李将军。

注释

① 元戎：主将。此处指御史大夫张守珪。

② 和：依照别人诗词的题材和体裁做诗词。

③ 汉家：唐朝人常借用汉朝口吻说唐朝的事情。"汉家"与"汉将"中的"汉"皆指唐。

④ 烟尘：烽烟和战场上扬起的尘土。此处指战争。

⑤ 残贼：凶残暴虐的敌人。

⑥ 横行：纵横驰骋。此处指战士在征战中所向无敌。

⑦ 赐颜色：赏脸。此处表示慰勉、鼓励。

⑧ 摐（chuāng）：击打。

⑨ 榆关：山海关。

⑩ 旌旆（pèi）：旗帜。

⑪ 逶迤：形容道路、山脉、河流等弯弯曲曲延绵不绝的样子。此处指军队沿着山路蜿蜒前进的样子。

⑫ 瀚海：广袤的沙漠。"瀚海"与下文"狼山"都指与敌人交战的地方。

⑬ 狼山：狼居胥山，在今内蒙古自治区中西部、河套平原北部。

⑭ 凭陵：仗势欺凌。

⑮ 穷秋：深秋。

⑯ 腓（féi）：枯萎。

⑰ 斗兵稀：有作战能力的士兵越来越少。此处指伤亡惨重。

⑱ 铁衣：古代战士用铁片制成的战衣。此处指戍守边关的战士。

⑲ 玉箸：用玉做成的筷子，比喻眼泪。此处指垂泪的妇女。

⑳ 绝域：极远之地。

导读

　　《燕歌行》，乐府《平调曲》名，以三国时期曹丕所作二首为最早，皆写女子怀念远行的丈夫。后人所作，多写征戍之事，以高适诗最为著名。本诗描写了东北边疆的战士们艰难曲折的作战生活，讲述了一个因主将轻敌，不体恤士兵，而导致战事失利的故事。诗人将上阵杀敌、横扫敌军的有志男儿与沉迷帐中歌舞的将军进行对比，由此为后文战事失利埋下了伏笔。此外，诗人借用闺中少妇的眼泪与士兵蓟北空回首的动作，表现了亲人之间的相思与怀念，从而烘托了边塞战争的血腥与残酷。全诗气势畅达，让人读来仿佛置身狼烟滚滚、杀气腾腾的塞外疆场，寄托了诗人对殉国战士的无尽同情，赞扬了沙场战士们英勇爱国、不畏牺牲的伟大精神。

李白（701—762），字太白，号青莲居士。自称祖籍陇西成纪（今甘肃静宁西南），隋末其先人流寓碎叶（唐时属安西都护府，在今吉尔吉斯斯坦北部托克马克附近）。唐代诗人。与杜甫齐名，世称"李杜"。《蜀道难》《行路难》《早发白帝城》等诗，皆为人传诵。

塞下曲（其一）

李 白

五月天山雪①，无花只有寒。
笛中闻折柳②，春色未曾看。
晓战随金鼓③，宵眠抱玉鞍④。
愿将腰下剑，直为斩楼兰⑤。

注释

① 天山雪：天山冬夏常年的积雪。
② 折柳：古乐曲名，即《折杨柳》。
③ 金鼓：钲和战鼓。古时作战用击鼓鸣金的方式指挥军队进退。
④ 玉鞍：用玉装饰的马鞍。
⑤ 楼兰：古西域国名。在今新疆鄯善县东南一带。

导读

　　《塞下曲》是唐代新乐府题，源于汉代《出塞》《入塞》等曲子。盛唐时期，西北边患频繁，激起文人的满腔热血，他们渴望平定战乱，保卫边疆。基于这种爱国豪情，李白写下《塞下曲》六首，这是第一首。诗歌前四句用暗淡低沉的笔触营造了西北边塞悲凉苦寒的生活氛围。后四句情调突转，呈现了一幅慷慨昂扬的战斗图景，表现了战士们奋勇杀敌的英雄气概。从整体来看，诗歌将边疆独有的奇绝景观和征战沙场的激烈场面相结合，给人以雄奇悲壮的视觉冲击和激昂高亢的心理感受，从侧面展现了波澜壮阔的盛唐气象，传达了诗人渴望建功立业的雄心壮志。

杜甫（712—770），字子美，自号"少陵野老"，祖籍襄阳（今湖北襄阳）。唐代诗人。其诗多反映社会现实生活，具有沉郁顿挫的风格，因其诗歌承载了唐朝由盛转衰的历史进程，故称其诗为"诗史"。宋以后，杜甫被后世尊称为"诗圣"。

春 望

杜 甫

国破①山河在，城春草木深②。
感时花溅泪，恨别鸟惊心③。
烽火④连三月，家书抵万金。
白头搔更短，浑⑤欲不胜簪。

注释

① 国破：此处指长安陷落。

② 草木深：形容人烟稀少。

③ 感时花溅泪，恨别鸟惊心：这两句后世理解有分歧。有人认为诗人感伤国事，看到繁花却泪流不止，听到鸟鸣而心惊胆战。也有人认为诗人将花、鸟拟人化了，感伤的神情让花儿为之流泪，悲叹的声音让鸟儿为之心惊。

④ 烽火：古时边防报警点燃的烟火。此处指绵延不断的战火。

⑤ 浑：简直。

导读

这首诗创作于"安史之乱"爆发后，当时叛军攻破了唐朝都城长安，唐玄宗仓皇逃亡四川，太子李亨继位。杜甫闻讯，安顿好家眷，只身一人投奔朝廷，然而启程不久就被叛军抓住，押解到长安。身陷敌营，望着曾经的国都如今萧条零落、满目疮痍，杜甫不禁百感交集。诗歌前四句写春城败象，饱含凄凉之意；后四句写思亲感慨，充溢思乡之情，表达了诗人对战乱的厌恶，对国运的担忧。这首诗情感真挚，质朴无华，"感时花溅泪""家书抵万金"等句将诗人的家国情怀表达得淋漓尽致，成为千古流传的名句。

闻官军收河南河北

杜 甫

剑外①忽传收蓟北，初闻涕泪满衣裳。
却看妻子愁何在，漫卷②诗书喜欲狂。
白日放歌③须纵酒，青春④作伴好还乡。
即从巴峡穿巫峡，便下襄阳向洛阳。

注释

① 剑外：剑门关以南，在今四川一带。

② 漫卷：胡乱卷起。

③ 放歌：放声歌唱；纵情高歌。

④ 青春：此处指春景。

导读

　　本诗创作于"安史之乱"结束之后，被誉为杜甫的"生平第一快诗"。当时杜甫听到官军收复蓟北的消息后，不禁欣喜万分，手舞足蹈，于是冲口吟唱出这首格律整齐、情感饱满的七律诗。诗歌前四句中的"涕泪满衣裳""妻子愁何在""漫卷诗书"表达了诗人和其家人在听说战士取得胜利时的惊喜与激动心情。后四句描写诗人迫不及待地饮酒高歌、收拾行囊，从侧面烘托出战争导致人民背井离乡、流离失所的残酷真相。

岑参（约715—770），江陵（今湖北荆州）人。唐代诗人。其诗与高适齐名，并称"高岑"。长于七言歌行。由于从军西域多年，对边塞生活有深刻体验，善于描绘异域风光和战争景象。诗歌气势豪迈，情辞慷慨，色调雄奇瑰丽。

送人赴安西

岑 参

上马带吴钩①，翩翩②度陇头③。

小来思报国，不是爱封侯。

万里乡为梦，三边④月作愁。

早须清黠虏⑤，无事⑥莫经秋。

注释

① 吴钩：古代吴地所造的一种弯刀。

② 翩翩：形容骑马时轻疾如飞的样子。

③ 陇头：陇山。六盘山南段别称，在陕西省陇县西南，延伸于陕西、甘肃边境。

④ 三边：此处泛指边境、边疆。

⑤ 清黠虏：扫清狡猾的敌人。

⑥ 无事：此处指边境安定，没有发生战争。

导读

这是一首送别友人奔赴边关、卫国驱敌的诗歌。诗歌前四句刻画了友人英姿勃发的形象，赞扬了友人以身报国、不计名利的精神，也表明自己对于这种精神的认同。诗歌后四句，诗人设身处地地设想了友人戍守边关时因思乡而愁苦的心境，表达了征人的思乡之苦。诗歌结尾处用勉励的语气期待友人早日扫清敌寇，平定边疆，使国家安宁，百姓安居。家国一体，国安定，家安宁，字里行间透露着诗人的家国情怀。

行军九日思长安故园

岑 参

强①欲登高去，无人送酒②来。
遥怜③故园菊，应傍④战场开。

注释

① 强（qiǎng）：勉强。
② 送酒：此处化用有关陶渊明的典故。据南朝梁萧统《陶渊明传》记载：陶渊明重阳日在宅边的菊花丛中闷坐。刚好江州刺史王弘送酒来，于是痛饮至醉而归。
③ 怜：怜惜。
④ 傍：依傍；临近。

导读

　　重阳佳节，本是亲朋结伴出游、登高望远、赏菊饮酒的好时节，但诗人此刻正在行军途中，他的故乡也在经历战乱，所以根本没有饮酒游乐的心情。朴实无华的诗句，虽然表面透出的是诗人思乡爱花之念，但深处却是浓浓的爱国爱民之情：虽然战争是艰苦和残酷的，但为了保家卫国，诗人仍然希望自己像菊花那样在战场开放，对击败敌人满怀信心。

李贺（790—816），字长吉，福昌（今河南宜阳）人。唐代诗人。诗歌因风格独特，被称为"长吉体"。代表作有《雁门太守行》《李凭箜篌引》等。

南园（其五）

李 贺

男儿何不带吴钩，收取关山五十州^①？
请君暂上凌烟阁^②，若个^③书生万户侯？

注释

① 关山五十州：统指当时藩镇割据、中央政府不能控制的地区。

② 凌烟阁：唐代为表彰功臣而建的绘有功臣图像的高阁。

③ 若个：哪个。

导读

李贺在辞官回乡后创作《南园》十三首，本诗为第五首。诗歌前两句表达了诗人渴望建功立业，收复失地的豪情壮志。诗歌后两句抒发了诗人因报国无门、怀才不遇的愤懑不平的心情。诗歌直抒胸臆，慷慨激昂，全诗以诘问的语气结尾，使作者的复杂心情溢于言表。

杜牧（803—853），字牧之，京兆万年（今陕西西安）人。唐代文学家。历任监察御史、中书舍人等职。后人将其与李商隐合称"小李杜"。其诗歌多为咏史怀古题材。代表作有《赤壁》《山行》等。

泊秦淮

杜 牧

烟笼寒水月笼沙，夜泊秦淮①近酒家。
商女②不知亡国恨，隔江犹唱后庭花③。

注释

① 秦淮：秦淮河，在今江苏南京。
② 商女：以卖唱为生的歌女。
③ 后庭花：唐教坊曲名，《玉树后庭花》的简称，为南朝陈后主所作。后多用来指代亡国之音。

导读

　　此诗是杜牧在赴任途中夜泊秦淮河时触景感怀而作。唐朝经过"安史之乱"后开始走向衰败，统治者腐朽昏庸，藩镇拥兵自重，边患频繁，危机四伏。当诗人路过歌舞升平的秦淮河畔时，不禁联想到日渐衰落的唐王朝，思绪万千。诗句隽永含蓄，意味深长。前两句描写秦淮夜景，后两句抒发内心情感，借陈后主因沉溺享乐终致亡国的历史典故，讽刺了不以国事为重而醉生梦死的统治者们，同时表达了诗人对国家命运的强烈关心和深切忧虑。

范仲淹（989—1052），字希文，苏州吴县（今江苏苏州）人。北宋政治家、文学家。代表作品有《江上渔者》《岳阳楼记》等。

渔家傲·秋思

范仲淹

塞下^①秋来风景异，衡阳雁去^②无留意。四面边声^③连角起，千嶂^④里，长烟落日孤城闭。

浊酒^⑤一杯家万里，燕然未勒^⑥归无计。羌管悠悠霜满地，人不寐，将军白发征夫泪。

注释

① 塞下：边界要塞之地。此处指西北边疆。

② 衡阳雁去：传说秋天北雁南飞，至湖南衡阳回雁峰就停止，不再南飞。

③ 边声：边塞特有的声音，如羌管、胡笳等声音。

④ 千嶂：山峦重叠，如同屏障。

⑤ 浊酒：用糯米、黄米等酿制的酒，比较混浊。

⑥ 燕然未勒：战事未平，功业未成。燕然，即燕然山，今蒙古国杭爱山。

导读

这首词是范仲淹镇守西北边疆时感怀而作。词作以西北边塞的军旅生活为视角，展现了戍边将士强忍思乡之苦为国征战的高尚情操。这首词上片描绘了塞外秋景，"异"字与"无留意"相互呼应，指出塞外并非征人久留之地。"千嶂里，长烟落日孤城闭"烘托出了西北边地的苍凉之感。下片着重抒发了将士的思乡之苦。其中"家万里"与"酒一杯"形成鲜明对比，使战士的思乡之愁更加浓烈。然而，思归之心虽切，还是要等战事平息、功业完成之后再离开。词中蕴含着十分复杂的情感，爱国的激情和浓重的乡情兼而有之，彼此纠结缠绕。

苏轼（1037—1101），字子瞻，号东坡居士，眉州眉山（今四川眉山）人。北宋文学家。与父亲苏洵、弟弟苏辙合称"三苏"，俱被列入"唐宋八大家"。苏轼词风豪迈，词境开阔，开宋词豪放一派。代表作有《赤壁赋》《念奴娇·赤壁怀古》等。

江城子·密州出猎

苏 轼

老夫聊发少年狂，左牵黄①，右擎苍②。锦帽貂裘，千骑③卷平冈。为报倾城随太守④，亲射虎，看孙郎⑤。

酒酣⑥胸胆尚开张⑦，鬓微霜⑧，又何妨！持节⑨云中⑩，何日遣冯唐⑪？会⑫挽雕弓⑬如满月，西北望，射天狼⑭。

（注释）

① 左牵黄：左手牵着黄狗。

② 右擎苍：右手托起苍鹰。

③ 千骑：形容人马很多。骑，一人一马的合称。

④ 太守：此处为苏轼自指。

⑤ 孙郎：三国时期东吴的孙权，曾亲自乘马射虎。此处为诗人自喻。

⑥ 酒酣：酒喝得尽兴、畅快。

⑦ 开张：开阔雄伟。

⑧ 鬓微霜：鬓角的头发略微发白。

⑨ 持节：古代使臣奉命出行，必持符节作为凭证。

⑩ 云中：古郡名。治所在今内蒙古托克托东北。

⑪ 冯唐：汉文帝时期任郎中署长，年已老。曾在文帝前为云中太守魏尚辩解，后文帝令冯唐持节赦免魏尚，使其官复原职。苏轼借此典故，意在表达希望自己

能重新得到朝廷的重用，戍边卫国。

⑫ 会：终将。

⑬ 雕弓：刻绘花纹的弓。

⑭ 天狼：星名。古人认为天狼星"主侵掠"。此处喻指西夏军队。

（导读）

　　词的上片刻画了诗人英姿勃发的狂放形象，描绘了全城出猎的壮观场面，并用孙权自喻，暗示苏轼内心的雄才大略。词的下片借冯唐典故委婉地表达了自己希望能像魏尚一样被重新重用，从而实现杀敌卫国、立功边疆的愿望。这首词感情豪迈，气象恢宏，意境浑厚，是苏轼豪放词的代表作之一。

《木兰诗》选自北宋郭茂倩编纂的《乐府诗集》。《乐府诗集》收录了汉魏至唐五代的乐府歌辞,并存留了先秦至唐末的歌谣。现存一百卷,是现存收集乐府歌辞最完备的一部。《木兰诗》是我国南北朝时期北方的一首经典长篇叙事民歌,与《孔雀东南飞》合称"乐府双璧"。

木兰诗

《乐府诗集》

唧唧复唧唧,木兰当户织。不闻机杼声,唯闻女叹息。

问女何所思,问女何所忆。女亦无所思,女亦无所忆。昨夜见军帖,可汗大点兵,军书十二卷,卷卷有爷名。阿爷无大儿,木兰无长兄,愿为市^①鞍马,从此替爷征。

东市买骏马,西市买鞍鞯^②,南市买辔头^③,北市买长鞭。旦^④辞爷娘去,暮宿黄河边,不闻爷娘唤女声,但^⑤闻黄河流水鸣溅溅。旦辞黄河去,暮至黑山头,不闻爷娘唤女声,但闻燕山胡骑鸣啾啾。

万里赴戎机^⑥,关山度^⑦若飞。朔气^⑧传金柝^⑨,寒光照铁衣。将军百战死,壮士十年归。

归来见天子,天子坐明堂。策勋^⑩十二转,赏赐百千强。可汗问所欲,木兰不用尚书郎,愿驰千里足,送儿还故乡。

爷娘闻女来,出郭^⑪相扶将^⑫;阿姊闻妹来,当户理红妆;小弟闻姊来,磨刀霍霍向猪羊。开我东阁^⑬门,坐我西阁床,脱我战时袍,著我旧时裳。当窗理云鬓^⑭,对镜帖花黄^⑮。出门看火伴^⑯,火伴皆惊忙:同行十二年,不知木兰是女郎。

雄兔脚扑朔^⑰,雌兔眼迷离^⑱;双兔傍地走,安能辨我是雄雌?

注释

① 市：买。

② 鞍鞯（jiān）：马鞍子和马鞍子下的垫子。

③ 辔（pèi）头：驾驭牲口用的嚼子和缰绳。

④ 旦：早晨。

⑤ 但：只。

⑥ 戎机：战事。

⑦ 度：越过。

⑧ 朔气：北方的寒气。

⑨ 金柝（tuò）：古代军中司夜所击之器。

⑩ 策勋：记录功勋于策上。策，同"册"。古代用竹片或木片记事著书，成编的
叫"策"。这里做动词。

⑪ 郭：外城。

⑫ 扶将：扶持。

⑬ 阁：古代女子的闺房、卧室。

⑭ 云鬓：像云一样柔美的头发。

⑮ 花黄：古代女子的面饰。

⑯ 火伴：今作"伙伴"。古代兵制，五人为列，二列为火，十人共一火炊煮，同
火的称为火伴。所以用来称呼同在一个军营的人。

⑰ 扑朔：脚毛蓬松。

⑱ 迷离：眼睛眯缝。

导读

　　本诗讲述了一位名叫木兰的女子女扮男装，替父从军，建立战功后却不愿
入朝为官，只求与家人团聚的故事。诗歌为我们塑造了一位孝顺长辈、忠贞爱
国、有胆有谋的巾帼英雄形象；表现了当时北方游牧民族渴望和平、向往安定
生活的朴素愿望；也表达了女子上阵杀敌、保家卫国的爱国情操。本诗节奏明
快，朗朗上口，极富北方民歌特色。清代诗人沈德潜在《古诗源》中评价此诗：
"事奇诗奇。"

李清照（1084—约1151），号易安居士，齐州章丘（今山东济南市章丘区西北）人。南宋女词人。其词语言清丽，开宋词婉约一派。代表作有《一剪梅·红藕香残玉簟秋》《声声慢·寻寻觅觅》等。

夏日绝句

李清照

生当作人杰①，死亦为鬼雄②。
至今思项羽，不肯过江东③。

① 人杰：人中的豪杰。
② 鬼雄：鬼中的英雄。
③ 江东：长江在安徽芜湖、江苏南京之间为西南-东北走向，古代习惯上称自此以下的长江南岸地区为江东。此处指项羽当初随叔父项梁起兵的地方。

导读

北宋靖康二年（1127），金军攻破汴京（今河南开封）。在大肆勒索搜刮后，俘徽、钦二帝和宗室、后妃数千人北上，北宋灭亡，史称"靖康之变"。以当时形势而言，金军孤军深入，立足未稳，但是高宗赵构放弃抵抗，带着臣僚仓皇南逃，定都临安。李清照在逃亡之时写下这首五言绝句。这是一首以古讽今、抒发悲愤的咏史诗。诗歌通过项羽在垓下兵败之后，逃至乌江却因"无颜见江东父老"拒绝渡江苟安、自刎而亡一事，表达了对项羽在英雄末路之时视死如归精神的钦佩，同时讽刺了南宋朝廷苟安求和思想，抒发了诗人对国土沦丧的悲愤之情以及抗金收复失土的强烈愿望，饱含爱国深情。整首诗慷慨悲壮，大义凛然，极具英豪之气，出自一位女词人之手实属可贵。

岳飞（1103—1142），字鹏举，相州汤阴（今河南汤阴）人。南宋初抗金名将，位列南宋"中兴四将"之首。在宋金两国议和期间遭秦桧、张俊等人诬陷，以"莫须有"的罪名被杀害。宋孝宗时期，沉冤昭雪，追谥"武穆"。其诗词散文以慷慨激昂著称，后人辑有《岳武穆遗文》。

满江红

岳 飞

怒发冲冠①，凭栏处、潇潇②雨歇。抬望眼、仰天长啸，壮怀激烈。三十③功名尘与土，八千里路④云和月。莫等闲、白了少年头，空悲切。

靖康耻⑤，犹未雪，臣子恨，何时灭？驾长车，踏破贺兰山缺。壮志饥餐胡虏⑥肉，笑谈渴饮匈奴⑦血。待从头、收拾旧山河，朝天阙⑧。

注释

① 怒发冲冠（guān）：气得头发直竖，顶起帽子。形容盛怒的样子。

② 潇潇：形容风急雨骤的样子。

③ 三十：岳飞此时三十多岁，此处取整数。

④ 八千里路：南北转战数千里。

⑤ 靖康耻："靖康之变"的耻辱。

⑥ 胡虏：与中原敌对的北方部族的通称。此处借指金兵。

⑦ 匈奴：此处借指金兵。

⑧ 朝天阙：朝见皇帝。

导读

　　这首词慷慨激昂，是岳飞述志言怀之作，也是传诵千古的名篇。词的上片写国耻未雪的憾恨和对建功立业的渴望。本诗开篇以"怒发冲冠"，为全诗奠定了壮怀激烈的豪迈基调，随后语气稍缓，到"仰天长啸"一句，情绪又急转直下，词人满腔热血，壮怀激烈，寄托了为国效力的豪情之志。词的下片引史入词，传达出词人杀敌报国、重整山河的决心。"壮志饥餐胡虏肉，笑谈渴饮匈奴血"两句，表达了词人对金兵践踏中原、蹂躏百姓的痛恨以及立志扫荡敌寇、一雪国耻的气概。结尾"待从头、收拾旧山河，朝天阙"一句，表达了词人收复失地的必胜信念和对国家的赤胆忠心。

陆游（1125—1210），字务观，号放翁，越州山阴（今浙江绍兴）人。南宋诗人。乾道八年入四川宣抚使王炎幕府，投身军旅生活。晚年隐退官场，仍怀收复中原宏愿。诗歌内容多以抒发政治抱负、反映人民疾苦、批判南宋朝廷屈辱投降为主。代表作有《钗头凤·红酥手》《卜算子·咏梅》等。

示 儿

陆 游

死去元知万事空，但悲不见九州①同。
王师②北定中原日，家祭无忘告乃翁③。

注释

① 九州：古代曾分中国为九州。此处指全国。

② 王师：帝王的军队。此处指南宋军队。

③ 乃翁：你们的父亲。

导读

陆游生于北宋覆灭前夕，一生致力于抗金斗争。这首诗是他临终前写给儿子的遗言。诗歌前两句，通过对个人"死"的无所畏惧，反衬出对国家"生"的无限渴求。死亡并不悲哀，可悲的是看不到国家的统一，流露出诗人内心深处的悲伤。诗歌后两句，诗人重振信念，坚信终有一日朝廷会收复失地，到了那日，要让子女在祭祀的时候前来告知。全诗感情真挚，不假雕饰，用朴素、平淡的语言吐露了诗人一生的心愿，蕴含着极为深厚的爱国情感。

范成大（1126—1193），字致能，号石湖居士，苏州吴县（今江苏苏州）人。南宋诗人。其诗题材广泛，与尤袤、杨万里、陆游齐名，称"中兴四大家"，亦作"南宋四大家"。存世作品有《石湖居士诗集》《吴船录》等。

州 桥

范成大

州桥南北是天街①，父老②年年等驾③回。
忍泪失声询使者④，几时真有六军⑤来？

注释

① 天街：汴京城内的御道，皇帝出行之路。
② 父老：对老年人的尊称。此处指汴京的老百姓。
③ 驾：特指帝王的车。
④ 使者：出使金国的南宋使者。此处指作者自己。
⑤ 六军：天子统领的军队。此处指南宋军队。

导读

　　这首诗是范成大出使金国途中，路过汴京时所作。诗歌通过对故都州桥的描写，引发了诗人的国破家亡之悲，反映了被金朝统治下的中原百姓的屈辱与苦难，抒发了他们强烈的故国之思。诗歌前两句描写了故都汴京的州桥、天街和父老，用"年年""等"字眼表现了沦陷区人民盼望天子回京的焦灼心情。后两句描绘了汴京父老遇到南宋使节的场景。"忍泪失声"四字刻画出汴京父老在使节面前想尽情哭诉，但又不得不忍住泪水的情态。而千言万语，他们只想问一句：王师几时真能来呢？表达了他们对故国的强烈思念以及对朝廷收复中原的殷切期盼，同时也暗含了诗人对偏安妥协的南宋朝廷的讽刺。

辛弃疾（1140—1207），字幼安，号稼轩，历城（今山东济南）人。南宋词人。早年参加抗金义军，后即归南宋。其艺术风格多样，以豪放为主，与苏轼并称"苏辛"。代表作有《永遇乐·京口北固亭怀古》《水龙吟·登建康赏心亭》等。

破阵子·为陈同甫赋壮词以寄之

辛弃疾

醉里挑灯看剑，梦回吹角连营①。八百里分麾下炙②，五十弦③翻④塞外声⑤。沙场⑥秋点兵。

马作的卢飞快⑦，弓如霹雳⑧弦惊。了却⑨君王天下事⑩，赢得生前身后名。可怜白发生！

注释

① 连营：众多军营相连在一起。

② 八百里分麾下炙：把烤牛肉分给部下享用。八百里，指牛。麾下，部下。炙，烤熟的肉食。

③ 五十弦：原指瑟，此处泛指军中乐器。

④ 翻：演奏。

⑤ 塞外声：以边地军旅生活为题材的军乐。

⑥ 沙场：战场。

⑦ 马作的卢飞快：战马像的卢马那样跑得飞快。作，像。的卢，骏马名，额部有白色斑点，传说能一跃三丈。

⑧ 霹雳：响雷、震雷之声。此处比喻射箭时弓弦响声很大。

⑨ 了却：了结。

⑩ 天下事：此处指收复中原这件大事。

导读

　　辛弃疾闲居江西之时，把这首词寄给好友陈亮，借以抒发壮志。整首词情调昂扬，风格豪迈，是南宋豪放词的代表作。词作由酒醉后看剑写起，词人在梦中回到了号角连声的军营，他满怀豪情，斗志昂扬，开始了驰骋沙场的战斗生活。梦境寄托了词人抗金复国、建功立业的雄心壮志，场面壮观，令人热血沸腾。最后一句"可怜白发生"，使得雄壮热烈的气氛戛然而止，词人从梦境回到现实。如今白发已生，却壮志未酬，理想终究化为幻影。整首词前后对比强烈，读起来使人倍感苍凉。

文天祥（1236—1283），字履善，一字宋瑞，号文山，吉州庐陵（今江西吉安）人。南宋末年政治家、文学家。因率军抗元而被俘，迭经威胁利诱，始终不屈，最后被害。他于所遭险难及平生战友事迹，都作有诗歌，题名《指南录》，可称"诗史"。

过零丁洋

文天祥

辛苦遭逢起一经，干戈①寥落四周星。
山河破碎风飘絮②，身世浮沉雨打萍③。
惶恐滩④头说惶恐，零丁洋⑤里叹零丁⑥。
人生自古谁无死？留取丹心⑦照汗青⑧。

注释

① 干戈：盾牌和戈，泛指武器。此处指战争。

② 风飘絮：形容南宋国运如风中柳絮，即将覆灭。

③ 雨打萍：形容自己身世坎坷，时起时沉。

④ 惶恐滩：滩名。赣江十八滩之一。在今江西万安境内。

⑤ 零丁洋："伶仃洋"，在今广东珠江口外、内伶仃岛和外伶仃岛之间。

⑥ 零丁：孤独；没有依靠。

⑦ 丹心：赤诚的心。

⑧ 汗青：古时候在竹简上记事，采来青色的竹子，要用火烤得竹板冒出水后才容易书写，因此后世把著作完成叫作汗青。此处指史册。

导读

　　1278年文天祥率兵与元军作战时不幸被俘，面对敌人的诱降，他誓死不从，在途经伶仃洋时写下了这首名篇佳作。诗的前两句从自身的生活写起，抒发了自己读书入仕的救国使命。第三、四句描写了残酷而荒凉的战场生活，借描写风雨飘摇的山河大地反映了衰微的国家命运与诗人心中的极大悲愤。第五、六句诗人用自己的亲身经历表达了内心惶恐不安和无可奈何的悲凉心境。最后两句，诗人画风急转，用慷慨激昂的言辞鼓舞了无数上阵杀敌、誓死报效国家的爱国志士，成为流传千古、脍炙人口的绝唱。

于谦（1398—1457），字廷益，浙江钱塘（今浙江杭州）人。土木之变后升任兵部尚书。曾调集重兵守卫北京，击退瓦剌军。景泰八年，英宗复位，以"谋逆之罪"被杀，万历年间追谥"忠肃"。代表作品有《于忠肃集》。

石灰吟

于 谦

千锤万凿出深山，烈火焚烧若等闲①。
粉骨碎身浑不怕，要留清白②在人间。

注释

① 等闲：寻常；平常。
② 清白：石灰的颜色，比喻高尚节操。

导读

这首诗是于谦青年时期所作，是一首对石灰的赞歌，通过对石灰制作过程的拟人化描写，表现了诗人舍生取义的无畏精神和正直清白的崇高品格。诗歌前两句写开采、烧炼石灰石的过程，"若等闲"三个字不仅体现了石灰石锻造时的坚固属性，还暗喻了仁人志士无论经历怎样的磨难都从容不迫、等闲视之的高尚情操。后两句借要留清白本色的石灰之口，表达了诗人不怕牺牲的精神和对高洁品格的追求。全诗语言质朴，笔法凝练，却极具感染力，特别是诗人这种积极进取的人生态度、无所畏惧的凛然正气和这种态度背后所蕴藏的家国情怀，无不折射出人性美的光辉。

戚继光（1528—1588），字元敬，号南塘，晚号孟诸，山东登州（治今蓬莱）人。明代抗倭名将、军事家。出身将门，曾屡次在东南沿海一带（台州、福建等地）抗击倭寇，后又被调到北方，镇守蓟镇。对练兵、治械、阵图等都有创见。代表作有《练兵实纪》《止止堂集》。

马上作

戚继光

南北驱驰①报主情②，江花边月笑平生。
一年三百六十日，多是横戈③马上行。

注释

① 驱驰：比喻奔走效力。
② 报主情：此处指报效国家。
③ 横戈：把戈横着拿，泛指手持兵器。此处指作战。

导读

　　这首诗作于行军途中的马背上。诗歌真实地反映了戚继光转战南北、保卫边防的经历，表达了一种崇高的爱国情怀。诗歌首句概括了诗人南征北战、戎马倥偬的一生，"报主情"三字袒露出诗人心怀天下、立志报国的胸襟。第二句以景写情，诗人在常年的征途中虽然只有"江花"和"边月"相伴，却足以慰藉平生。一个"笑"字流露出诗人的旷达情怀，以及献身边防的自豪感。诗歌最后两句对"南北驰骋"的生活进行了具体说明，一个金戈铁马、驰骋沙场、不畏艰险的英雄形象跃然纸上。这首诗写得豪情满怀，又富于幽默感，语气虽轻松，但情感力度丝毫不减，饱含了诗人对祖国的一片深情。

林则徐（1785—1850），字元抚，一字少穆，福建侯官（今福建福州）人。清末政治家。同龚自珍、魏源等人提倡"经世之学"。道光十八年，在湖广总督任内严厉禁烟。曾为了解西方情况，派人翻译外文书报，编成《四洲志》。代表作有《林文忠公政书》等，今辑为《林则徐集》。

赴戍登程口占示家人（其二）

林则徐

力微任重久神疲，再竭衰庸①定不支。
苟②利国家生死以③，岂④因祸福避趋⑤之？
谪居⑥正是君恩厚，养拙⑦刚⑧于戍卒⑨宜。
戏与山妻⑩谈故事，试吟断送老头皮⑪。

注释

① 衰庸：身体衰弱，才能平庸，是自谦之词。

② 苟：如果。

③ 生死以：将生死置之度外。

④ 岂：怎能。

⑤ 避趋：离开与接近；避退与向前。

⑥ 谪居：古代官员被贬官降职到边远外地居住。

⑦ 养拙：藏拙，退隐不仕的自谦之词。

⑧ 刚：正好。

⑨ 戍卒：戍守边疆的士兵。

⑩ 山妻：隐士之妻。此处指对自己妻子的谦称。

⑪ 老头皮：对年老男子的戏称。

导读

　　本诗的前两句用略带沉重的话语描述了诗人被贬后疲惫而沉郁的心境。但是作为一个心怀家国的人，即使身心俱疲，也绝不以个人的进退荣辱为中心，倘若是有利于国家的事，还是可以将生死置之度外的。"养拙刚于戍卒宜"句以宽慰的语气劝导家人，退一步，海阔天空，当一名戍卒正合时宜。但是在云淡风轻的话语中依然能够感受到诗人内心深处的苦闷。诗歌最后两句，诗人用苏东坡似的旷达风趣来冲淡悲伤，用强作玩笑的戏语与亲人话别，透露出诗人博大旷达的胸襟气魄。国事家愁，几度交织，诗人在脉脉温情中透出了雄健豪迈的英雄气概，在旷达乐观背后饱含爱国深情。

龚自珍（1792—1841），字璱人，浙江仁和（今杭州）人。清末思想家、文学家。为文奥博纵横，自成一家；诗词瑰丽奇肆，称为"龚派"。

己亥杂诗

龚自珍

九州①生气②恃③风雷④，万马齐喑⑤究可哀。
我劝天公⑥重抖擞⑦，不拘一格⑧降人才。

注释

① 九州：此处指中国。

② 生气：生命力。此处指朝气蓬勃的局面。

③ 恃：依靠；凭借。

④ 风雷：原指风和雷，此处比喻迅疾的社会变革。

⑤ 万马齐喑（yīn）：此处比喻在高压政治下，人们不敢发表意见。喑，缄默，不说话。

⑥ 天公：自然界的主宰者。

⑦ 抖擞：振作；奋发。

⑧ 不拘一格：不局限于一种规格或方式。

导读

　　这首诗是龚自珍辞官途中路过镇江时所作，是一首表达作者政治愿景的诗歌。作者在诗中大声疾呼改革，呼唤新人才与新思想，表现了强烈的社会责任感。诗歌前两句运用比喻的修辞手法，将腐朽、落后的反动统治所导致的死气沉沉的境况比喻成"万马齐喑"，将新兴的、先进的社会改革比喻成"风雷"，这一明一暗的对比，既反映了真实的社会现实，也表明了作者对光明未来的追求。并且进一步说明要想追求光明的未来，改变朝野噤声、死气沉沉的社会局面，必须依靠疾风迅雷般的社会变革。后两句希望朝廷打破陈规，广纳贤才，强调了人才的重要性，具有振聋发聩的意义。全诗在批判现实的同时又表现出对未来的憧憬，情感并不低沉反而热情高昂，带有理想主义色彩，体现了诗人对国家命运的关切，具有深刻的现实意义。

古文

《左传》，也称《左氏春秋》或《春秋左氏传》，是儒家经典之一。旧传为春秋时期左丘明所撰，近人认为是战国初年人据各国史料编成。书中保留了大量古代史料，是中国古代一部史学和文学名著。

烛之武退秦师

《左传》

晋侯、秦伯①围郑，以其无礼于晋，且贰于楚也。晋军函陵②，秦军氾南③。

佚之狐④言于郑伯⑤曰："国危矣，若使烛之武⑥见秦君，师必退。"公从之。辞⑦曰："臣之壮也，犹不如人；今老矣，无能为也已。"公曰："吾不能早用子，今急而求子，是寡人之过也。然郑亡，子亦有不利焉。"许之。

夜缒⑧而出，见秦伯，曰："秦、晋围郑，郑既知亡矣。若亡郑而有益于君，敢以烦执事⑨。越国以鄙⑩远，君知其难也。焉用亡郑以陪⑪邻？邻之厚，君之薄也。若舍郑以为东道主⑫，行李⑬之往来，共⑭其乏困，君亦无所害。且君尝为晋君赐矣，许君焦、瑕⑮，朝济⑯而夕设版⑰焉，君之所知也。夫晋，何厌⑱之有？既东封⑲郑，又欲肆其西封，若不阙秦⑳，将焉取之？阙秦以利晋，唯君图㉑之。"秦伯说，与郑人盟。使杞子、逢孙、杨孙戍㉒之，乃还。

子犯㉓请击之。公曰："不可。微夫人之力不及此。因人之力而敝之，不仁；失其所与，不知；以乱易整，不武。吾其还也。"亦去之。

（注释）

① 晋侯、秦伯：晋文公、秦穆公。

② 函陵：郑国地名，在今河南新郑北。

③ 氾南：氾水南面，属郑地。

④ 佚（yì）之狐：郑国大夫。

⑤ 郑伯：郑文公，即郑国国君。

⑥ 烛之武：郑国大夫。

⑦ 辞：推辞。

⑧ 缒（zhuì）：用绳子拴着人或物从上往下送。

⑨ 执事：国君左右的办事官员。此处指秦穆公。

⑩ 鄙：边远的地方。此处指将远处作为边邑。

⑪ 陪：增加；增益。

⑫ 东道主：东方路上的主人。泛指接待或宴客的主人。

⑬ 行李：使者。

⑭ 共：同"供"。供给。

⑮ 焦、瑕：晋地，均在今河南三门峡一带。

⑯ 济：过河。

⑰ 设版：修筑防御工事。

⑱ 厌：同"餍"。满足。

⑲ 封：边境。此处指使……成为边境。

⑳ 阙（quē）秦：削减秦国土地。此处指使秦国土地减少。

㉑ 图：谋划；考虑。

㉒ 戍：驻守。

㉓ 子犯：晋国大夫狐偃，也是晋文公的舅舅。

（导读）

　　本文选自《左传·僖公三十年》，讲述的是秦、晋两国合力攻打郑国前的一场外交斗争。郑国大夫烛之武临危受命，到秦营见秦伯，他从不同角度指出亡郑与存郑对秦国的利弊得失，成功说服了秦伯，从而避免了自己国家的灭亡。本文充分展现了烛之武卓越的外交才能，也赞扬了烛之武不畏艰险、维护国家安全的爱国精神。

孟子（约前372—前289），名轲，字子舆，邹（今山东邹城东南）人。战国时期思想家、政治家、教育家，儒家学派代表人之一。他把孔子"仁"的观念发展为"仁政"学说，主张以德服人的"王道"，提出"民贵君轻"的重民思想。

生于忧患，死于安乐

《孟子》

舜发①于畎亩②之中，傅说举于版筑③之间，胶鬲举于鱼盐之中，管夷吾举于士④，孙叔敖举于海，百里奚举于市⑤。故天将降大任于是人也，必先苦其心志，劳其筋骨，饿其体肤，空乏⑥其身，行拂乱其所为⑦，所以动心忍性⑧，曾益⑨其所不能。

人恒过⑩，然后能改；困于心，衡于虑⑪，而后作⑫；征⑬于色，发于声，而后喻⑭。入则无法家拂士⑮，出⑯则无敌⑰国外患者，国恒亡。然后知生于忧患而死于安乐也。

注释

① 发：兴起。此处指被任用。

② 畎亩：田地；田野。

③ 版筑：古人筑墙时用的两种工具。版，筑泥墙用以夹土的板子。筑，捣土用的杵。此处是说，傅说为人筑墙，后被予以重用。

④ 士：狱官。

⑤ 市：集市。

⑥ 空乏：财资缺乏。此处指使……遭受贫困之苦。

⑦ 行拂乱其所为：使他的行为违背自己的意愿，而不能顺利实现目标。拂，违

背。乱，扰乱。

⑧ 动心忍性：使他的内心受到震撼，使他的性格坚忍起来。

⑨ 曾益：增加。曾，同"增"。

⑩ 恒过：经常做错事。

⑪ 衡于虑：思想受到堵塞。衡，同"横"，堵塞。

⑫ 作：发奋；奋起。此处指有所作为。

⑬ 征：表现。

⑭ 喻：清楚；明白。

⑮ 法家拂（bì）士：法家，守法的大臣。拂士，辅佐君王的贤士。拂，同"弼"，
辅佐。

⑯ 出：在国家之外。

⑰ 敌：匹敌。

导读

　　在本文中，孟子从"如何成才"和"如何理政"两个方面分别进行论述。
首先，作者利用排比的修辞手法和举例论证的方式讲述了舜、傅说、胶鬲、管
夷吾、孙叔敖、百里奚在经受磨砺后终成一番伟业的故事，由此得出了"天将
降大任于是人也……"的结论。在此基础上，作者从个人发展及国家兴亡两个
角度进一步论证艰苦磨炼的必要性，继而水到渠成地提出本文的中心论点"生
于忧患而死于安乐也"。

《战国策》是战国时游说之士的策谋和言论的汇编。西汉时，由刘向编订为三十三篇，分国编次。

唐雎不辱使命

《战国策》

秦王使人谓安陵君[①]曰："寡人欲以五百里之地易[②]安陵，安陵君其[③]许寡人！"安陵君曰："大王加惠[④]，以大易小，甚善；虽然，受地于先王，愿终守之，弗敢易！"秦王不悦。安陵君因使唐雎使于秦。

秦王谓唐雎曰："寡人以五百里之地易安陵，安陵君不听寡人，何也？且秦灭韩亡魏，而君以五十里之地存者，以君为长者，故不错意[⑤]也。今吾以十倍之地，请广[⑥]于君，而君逆寡人者，轻寡人与？"唐雎对曰："否，非若是也。安陵君受地于先王而守之，虽千里不敢易也，岂直[⑦]五百里哉？"

秦王怫然[⑧]怒，谓唐雎曰："公[⑨]亦尝闻天子之怒乎？"唐雎对曰："臣未尝闻也。"秦王曰："天子之怒，伏尸[⑩]百万，流血千里。"唐雎曰："大王尝闻布衣[⑪]之怒乎？"秦王曰："布衣之怒，亦免冠徒跣[⑫]，以头抢[⑬]地尔。"唐雎曰："此庸夫之怒也，非士之怒也。夫专诸之刺王僚也，彗星袭月；聂政之刺韩傀也，白虹贯日；要离之刺庆忌也，仓鹰击于殿上。此三子者，皆布衣之士也，怀怒未发，休祲降于天，与臣而将四矣。若士必怒，伏尸二人，流血五步，天下缟素[⑭]，今日是也。"挺剑而起。

秦王色挠[⑮]，长跪而谢之曰："先生坐！何至于此！寡人谕矣：夫韩、魏灭亡，而安陵以五十里之地存者，徒以有先生也。"

注释

① 安陵君：安陵国的君主。安陵，当时的一个小国，在今河南鄢陵西北。

② 易：交换。

③ 其：表希望的语气。

④ 加惠：施与恩惠。

⑤ 错意：在意。错，同"措"。

⑥ 广：扩大；扩充。

⑦ 岂直：何况只是。

⑧ 怫（fú）然：生气的样子。

⑨ 公：相当于"先生"。古代对男子的尊称。

⑩ 伏尸：倒在地上的尸体。

⑪ 布衣：古代指平民（平民穿麻布衣服）。

⑫ 跣（xiǎn）：光着（脚）。

⑬ 抢（qiāng）：撞。

⑭ 缟（gǎo）素：白衣服，指丧服。此处指穿白色的丧服。

⑮ 色挠（náo）：面露胆怯之色。

导读

    本文选自《战国策·魏策四》，全篇不足400字，内容多为人物对话，但读来形象立体，语言生动。本文讲述了唐雎临危受命，出使秦国的故事。面对态度傲慢、恃强凌弱的秦王，唐雎不卑不亢，有理有据地规劝秦王放弃攻占安陵的念头。唐雎正气凛然的形象跃然纸上，其不畏强权、捍卫国土的精神永载史册。

邹忌讽齐王纳谏

《战国策》

邹忌修①八尺有余，而形貌昳丽②。朝服衣冠③，窥镜，谓其妻曰："我孰与城北徐公美？"其妻曰："君美甚，徐公何能及君也？"城北徐公，齐国之美丽者也。忌不自信，而复问其妾曰："吾孰与徐公美？"妾曰："徐公何能及君也？"旦日④，客从外来，与坐谈，问之客曰："吾与徐公孰美？"客曰："徐公不若君之美也。"明日⑤徐公来，孰视之，自以为不如；窥镜而自视，又弗如远甚⑥。暮寝而思之，曰："吾妻之美我⑦者，私我也；妾之美我者，畏我也；客之美我者，欲有求于我也。"

于是入朝见威王，曰："臣诚知不如徐公美。臣之妻私臣，臣之妾畏臣，臣之客欲有求于臣，皆以美于徐公。今齐地方千里，百二十城，宫妇左右莫不私⑧王，朝廷之臣莫不畏王，四境之内莫不有求于王：由此观之，王之蔽⑨甚矣。"

王曰："善。"乃下令："群臣吏民能面刺⑩寡人之过者，受上赏；上书谏寡人者，受中赏；能谤讥于市朝⑪，闻寡人之耳者，受下赏。"令初下，群臣进谏，门庭若市；数月之后，时时而间⑫进；期年⑬之后，虽欲言，无可进者。燕、赵、韩、魏闻之，皆朝于齐。此所谓战胜于朝廷。

注释

① 修：长；高。此处指身高。

② 昳（yì）丽：形容容貌美丽。

③ 朝（zhāo）服衣冠：早晨穿好衣服，戴好帽子。

④ 旦日：第二天。

⑤ 明日：次日，第二天。

⑥ 弗如远甚：相差得很远。

⑦ 美我：以为我美；认为我美。

⑧ 私：偏爱。

⑨ 蔽：蒙蔽。此处指所受的蒙蔽。

⑩ 面刺：当面指责、斥责。

⑪ 谤讥于市朝：在公众场所指责、议论（寡人的）过错。

⑫ 间（jiàn）：偶然；有时。

⑬ 期（jī）年：满一年。

导读

　　本文选自《战国策·齐策一》，讲述了主人公邹忌因与妻、妾、客三人的对话，误以为自己比城北徐公美，而当自己亲眼见到徐公后，方才发现自己被蒙蔽的事实和原因。邹忌以家中小事推及国家大事，以自己的亲身经历和内心反思向齐威王进谏，劝说国君切勿因他人美言而忽视客观真相，提醒齐威王要时刻保持清醒的头脑，广泛听取、采纳各方建议，虚心接受他人的批评，以此来实现兴国安邦的目的。阅读本文，我们不仅能感受到邹忌清明敏锐、敢于进谏的贤者气魄，还可以见识齐威王虚怀若谷、励精图治的帝王胸襟。也正是因为君臣同心，在后文我们才会看到齐国"战胜于朝廷"的繁荣政治景象。

班固（32—92），字孟坚，扶风安陵（今陕西咸阳东北）人。东汉史学家、文学家。所著《汉书》文辞渊雅，叙事详赡；继司马迁之后，整齐了纪传体史书的形式，开创了"包举一代"的断代史体例。

苏武传（节选）

班 固

　　武，字子卿。少以父任，兄弟并为郎。稍迁至栘中厩监。时汉连伐胡①，数通使相窥观。匈奴留汉使郭吉、路充国等，前后十余辈。匈奴使来，汉亦留之以相当②。天汉元年，且鞮侯单于③初立，恐汉袭之，乃曰："汉天子我丈人行也。"尽归汉使路充国等。武帝嘉其义，乃遣武以中郎将使持节送匈奴使留在汉者，因厚赂单于，答其善意。武与副中郎将张胜及假吏常惠等募士④斥候⑤百余人俱，既至匈奴，置币遗单于；单于益骄，非汉所望也。

　　方欲发使送武等，会缑王⑥与长水虞常⑦等谋反匈奴中。缑王者，昆邪王⑧姊子也，与昆邪王俱降汉，后随浞野侯⑨没胡中。及卫律⑩所将降者，阴相与谋劫单于母阏氏⑪归汉。会武等至匈奴，虞常在汉时，素与副张胜相知⑫，私候胜曰："闻汉天子甚怨卫律，常能为汉伏弩射杀之，吾母与弟在汉，幸蒙其赏赐。"张胜许之，以货物与常。

　　后月余，单于出猎，独阏氏子弟在。虞常等七十余人欲发，其一人夜亡，告之。单于子弟发兵与战。缑王等皆死，虞常生得。单于使卫律治其事，张胜闻之，恐前语发，以状语武。武曰："事如此，此必及我，见犯乃死，重负国。"欲自杀，胜、惠共止之。虞常果引张胜。单于怒，召诸贵人⑬议，欲杀汉使者。左伊秩訾⑭曰：

"即谋单于，何以复加？宜皆降之。"

单于使卫律召武受辞。武谓惠等："屈节辱命，虽生，何面目以归汉！"引佩刀自刺。卫律惊，自抱持武，驰召医。凿地为坎，置煴火⑮，覆武其上，蹈其背以出血。武气绝，半日复息。惠等哭，舆⑯归营。单于壮其节，朝夕遣人候问武，而收系张胜。

武益愈，单于使使晓武⑰，会论虞常，欲因此时降武。剑斩虞常已，律曰："汉使张胜谋杀单于近臣，当死。单于募降者赦罪。"举剑欲击之，胜请降。律谓武曰："副有罪，当相坐⑱。"武曰："本无谋，又非亲属，何谓相坐？"复举剑拟之，武不动。律曰："苏君，律前负汉归匈奴，幸蒙大恩，赐号称王。拥众数万，马畜弥山，富贵如此！苏君今日降，明日复然。空以身膏草野，谁复知之！"武不应。律曰："君因我降，与君为兄弟；今不听吾计，后虽欲复见我，尚可得乎？"武骂律曰："汝为人臣子，不顾恩义，畔⑲主背亲，为降虏于蛮夷，何以汝为见？且单于信汝，使决人死生，不平心持正，反欲斗两主，观祸败。若知我不降明，欲令两国相攻，匈奴之祸，从我始矣。"

律知武终不可胁，白单于。单于愈益欲降之。乃幽武置大窖中，绝不饮食⑳。天雨雪，武卧啮雪，与旃毛㉑并咽之，数日不死。匈奴以为神。乃徙武北海㉒上无人处，使牧羝㉓，羝乳乃得归。别其官属常惠等各置他所。武既至海上，廪食㉔不至，掘野鼠去草实而食之。杖汉节牧羊，卧起操持，节旄尽落。积五六年，单于弟於靬王㉕弋射海上。武能网㉖纺缴，檠㉗弓弩，於靬王爱之，给其衣食。三岁余，王病，赐武马畜、服匿㉘、穹庐。王死后，人众徙去。其冬，丁令㉙盗武牛羊，武复穷厄。

初，武与李陵㉚俱为侍中。武使匈奴，明年，陵降，不敢求武。久之，单于使陵至海上，为武置酒设乐。因谓武曰："单于闻陵与子卿素厚，故使陵来说足下，虚心欲相待。终不得归汉，空自苦

亡人之地，信义安所见乎？前长君^㉛为奉车，从至雍棫阳宫，扶辇
下除，触柱折辕，劾大不敬，伏剑自刎，赐钱二百万以葬。孺卿^㉜
从祠河东后土，宦骑与黄门驸马争船，推堕驸马河中溺死，宦骑
亡，诏使孺卿逐捕，不得，惶恐饮药而死。来时太夫人^㉝已不幸，
陵送葬至阳陵。子卿妇年少，闻已更嫁矣。独有女弟^㉞二人，两女
一男，今复十余年，存亡不可知。人生如朝露，何久自苦如此！陵
始降时，忽忽如狂，自痛负汉，加以老母系保宫^㉟。子卿不欲降，
何以过陵？且陛下春秋^㊱高，法令亡常，大臣亡罪夷灭^㊲者数十家，
安危不可知，子卿尚复谁为乎？愿听陵计，勿复有云。"武曰："武
父子亡功德，皆为陛下所成就，位列将，爵通侯，兄弟亲近，常愿
肝脑涂地。今得杀身自效，虽蒙斧钺汤镬，诚甘乐之。臣事君，犹
子事父也，子为父死，亡所恨，愿勿复再言！"

　　陵与武饮数日，复曰："子卿壹^㊳听陵言！"武曰："自分^㊴已
死久矣！王必欲降武，请毕今日之欢，效死于前！"陵见其至诚，
喟然叹曰："嗟乎，义士！陵与卫律之罪上通于天！"因泣下沾衿，
与武决去。……

　　昭帝即位，数年，匈奴与汉和亲。汉求武等，匈奴诡言武死。
后汉使复至匈奴，常惠请其守者与俱，得夜见汉使，具自陈道。教
使者谓单于，言天子射上林^㊵中，得雁，足有系帛书，言武等在某
泽中。使者大喜，如惠语以让单于。单于视左右而惊，谢汉使曰：
"武等实在。"……

　　单于召会武官属，前以降及物故，凡随武还者九人。武以始元
六年春至京师。……武留匈奴凡十九岁，始以强壮出，及还，须发
尽白。

注释

① 胡：匈奴。

② 相当：相抵。

③ 且（jū）鞮（dī）侯单于：曾被封为且鞮侯的单于。

④ 士：士卒。

⑤ 斥候：侦察、候望的人。此处指侦察兵。

⑥ 缑（gōu）王：匈奴亲王之一。

⑦ 长水虞常：汉朝投降匈奴的原长水校尉虞常。

⑧ 昆（hún）邪王：匈奴亲王之一。

⑨ 浞（zhuó）野侯：投降匈奴的原汉将赵破奴的封号。

⑩ 卫律：长水胡人，曾任汉使出使匈奴，后投降匈奴，成为单于的亲信。

⑪ 阏（yān）氏（zhī）：匈奴单于、诸王之妻的统称。

⑫ 相知：相熟识；有交情。

⑬ 贵人：此处指匈奴贵族。

⑭ 左伊秩訾（zī）：匈奴王号。

⑮ 煴（yūn）火：无焰的微火。

⑯ 舆：车。此处指用车送。

⑰ 使使晓武：派使者告知苏武。

⑱ 相坐：相连坐。旧时一个人犯法，他的家属、亲族、邻居等连带受处罚。

⑲ 畔：同"叛"。背叛。

⑳ 绝不饮食：断绝饮食。

㉑ 旃（zhān）毛：毡毛。旃，同"毡"。

㉒ 北海：今俄罗斯境内的贝加尔湖。

㉓ 羝（dī）：公羊。

㉔ 廪（lǐn）食：官府发给的粮食。

㉕ 於（wū）靬（jiān）王：匈奴亲王之一。

㉖ 网：织网。

㉗ 檠（qíng）：矫正弓弩的器具。此处指用檠矫正。

㉘ 服匿：盛酒的器皿。

㉙ 丁令：又作"丁灵""丁零"等，古族名。汉代分布于今贝加尔湖以南地区。

㉚ 李陵：汉代名将李广之孙。武帝时为骑都尉，率五千人出击匈奴，为单于大军

包围，力战后援绝投降。居匈奴二十余年，病死。

㉛ 长君：此处指苏武的大哥苏嘉。

㉜ 孺卿：此处指苏武的弟弟苏贤。

㉝ 太夫人：此处指苏武的母亲。

㉞ 女弟：妹妹。

㉟ 系保宫：关押在保宫。

㊱ 春秋：年纪。

㊲ 夷灭：灭掉；杀尽。此处指全家被诛杀。

㊳ 壹：一定。

㊴ 分（fèn）：料想。

㊵ 上林：上林苑。汉武帝在秦代一个旧苑址上扩建而成的宫苑，规模宏伟，宫室众多，苑内放养禽兽，供皇帝射猎。

📖 导读

本文节选自《汉书·李广苏建传》。作者按时间顺序介绍了苏武出使匈奴后被强行扣留、坚贞不屈维护国家尊严的艰辛历程。第一部分，即文章的第一、二段，介绍了苏武的出身和出使匈奴的背景及原因。第二部分，即第三至第八段，着重叙述苏武扣留匈奴十九年的艰辛历程。最后一部分，即文章的最后两段，则介绍了苏武回国的过程。全文通过生动的故事情节，刻画了一位不畏强权、严正己身、忍辱负重保全国格的使臣形象，表达出作者对苏武的敬仰与赞美之情。

诸葛亮（181—234），字孔明，琅邪阳都（今山东沂南南）人。三国蜀汉政治家、军事家。东汉末，诸葛亮隐居隆中（在今湖北襄阳），留心世事，人称"卧龙"。后辅佐刘备，建立蜀汉政权。刘禅继位后，诸葛亮主持蜀汉大小政事，励精图治，赏罚严明，曾五次出兵争夺中原，后病死于五丈原军中，谥忠武侯。著作有《诸葛亮集》。

出师表

诸葛亮

先帝①创业未半而中道崩殂②，今天下三分，益州疲弊，此诚危急存亡之秋③也。然侍卫之臣不懈于内④，忠志之士忘身于外⑤者，盖追⑥先帝之殊遇，欲报之于陛下也。诚宜开张圣听⑦，以光⑧先帝遗德，恢弘⑨志士之气，不宜妄自菲薄⑩，引喻失义⑪，以塞忠谏之路也。

宫中府中⑫，俱为一体，陟罚臧否，不宜异同⑬。若有作奸犯科⑭及为忠善者，宜付有司论其刑赏，以昭陛下平明之理，不宜偏私，使内外异法⑮也。

侍中、侍郎郭攸之、费祎、董允等，此皆良实⑯，志虑忠纯，是以先帝简拔⑰以遗陛下。愚⑱以为宫中之事，事无大小，悉以咨⑲之，然后施行，必能裨补阙漏，有所广益⑳。

将军向宠，性行淑均㉑，晓畅军事，试用于昔日，先帝称之曰能，是以众议举宠为督。愚以为营中之事，悉以咨之，必能使行阵和睦，优劣得所。

亲贤臣，远小人，此先汉所以兴隆也；亲小人，远贤臣，此后汉所以倾颓也。先帝在时，每与臣论此事，未尝不叹息痛恨于桓、灵也。侍中、尚书、长史、参军，此悉贞良死节之臣，愿陛下亲之信之，则汉室之隆，可计日而待也。

臣本布衣，躬耕于南阳，苟全性命于乱世，不求闻达^㉒于诸侯。先帝不以臣卑鄙，猥自枉屈，三顾臣于草庐之中，咨臣以当世之事，由是感激^㉓，遂许先帝以驱驰^㉔。后值倾覆^㉕，受任于败军之际，奉命于危难之间，尔来二十有一年矣。

先帝知臣谨慎，故临崩寄臣以大事也。受命以来，夙夜^㉖忧叹，恐托付不效^㉗，以伤先帝之明，故五月渡泸，深入不毛^㉘。今南方已定，兵甲已足，当奖率三军，北定中原，庶竭驽钝，攘除奸凶，兴复汉室，还于旧都。此臣所以报先帝而忠陛下之职分也。至于斟酌损益，进尽忠言，则攸之、祎、允之任也。

愿陛下托臣以讨贼兴复之效；不效，则治臣之罪，以告先帝之灵。若无兴德之言，则责攸之、祎、允等之慢，以彰其咎；陛下亦宜自谋，以咨诹善道^㉙，察纳雅言，深追先帝遗诏，臣不胜受恩感激。今当远离，临表涕零，不知所言。

注释

① 先帝：三国时期蜀汉的创建者刘备。

② 崩殂（cú）：死亡。崩，君主时代称帝王死。

③ 秋：某个时期（多指不好的）。

④ 内：朝廷。

⑤ 外：此处指疆场。

⑥ 追：追念；怀念。

⑦ 开张圣听：扩大圣上的听闻。此处是要后主广泛听取他人的意见。

⑧ 光：发扬光大。

⑨ 恢弘：发扬；扩大。

⑩ 妄自菲薄：随便或轻易地看轻自己。

⑪ 引喻失义：说话不合乎道理。

⑫ 宫中府中：皇宫和丞相府中。

⑬ 陟（zhì）罚臧否（pǐ），不宜异同：奖惩功过，评价人物的好坏不应该有所区别。

⑭ 作奸犯科：做奸邪的事情，触犯科条法令。

⑮ 内外异法：宫内和丞相府的赏罚标准不同。

⑯ 良实：贤良忠诚的人。

⑰ 简拔：选拔；选择。

⑱ 愚：谦称，我。

⑲ 咨：询问；征求意见。

⑳ 裨补阙漏，有所广益：弥补缺点和疏漏之处，有所启发和帮助。

㉑ 淑均：善良公正。

㉒ 闻达：显达；有名望。

㉓ 感激：感奋激发。

㉔ 驱驰：奔走效劳。

㉕ 倾覆：颠覆；覆灭。此处指兵败。

㉖ 夙（sù）夜：早晨和晚上。

㉗ 不效：未能奏效，不成功。

㉘ 不毛：不长草木（的地方）。此处指贫瘠、荒凉的土地或地带。

㉙ 咨诹（zōu）善道：征求询问（治理国家的）好办法。

（导读）

　　文章中诸葛亮晓之以理，动之以情，先叙述了先帝刘备壮志未酬身先死的遗憾与悲壮，以此警醒后主刘禅莫忘父辈未竟的功业，从而向后主提出"开张圣听"的建议，希望后主能广开言路、赏罚分明、亲贤远佞。后又以史为鉴，告诫后主要善于吸取历史的经验，敦促后主早日完成兴隆汉室的大业。此外，诸葛亮还从自身出发，自述生平，由此引出"伐魏"对兴复汉室的意义，言辞恳切，情感真挚。诸葛亮借此文既表达先帝托孤的苦心，也表达了自己辅佐后主刘禅的赤胆忠心。

魏徵（580—643），唐初政治家。字玄成，魏郡内黄（今河南内黄西北）人。在朝期间多次劝谏唐太宗以隋亡为鉴。其言论见于《贞观政要》。

谏太宗十思疏

魏 徵

臣闻求木之长①者，必固其根本；欲流之远者，必浚②其泉源；思国之安者，必积其德义。源不深而望流之远，根不固而求木之长，德不厚而思国之理，臣虽下愚，知其不可，而况于明哲③乎！人君当神器④之重，居域中⑤之大，将崇极天之峻，永保无疆之休。不念居安思危，戒奢以俭，德不处其厚，情不胜其欲，斯亦伐根以求木茂，塞源而欲流长者也。

凡百元首⑥，承天景命⑦，莫不殷忧⑧而道著，功成而德衰。有善始者实繁，能克终者盖寡。岂取之易而守之难乎？昔取之而有余，今守之而不足，何也？夫在殷忧，必竭诚以待下；既得志，则纵情以傲物。竭诚则吴越为一体，傲物则骨肉⑨为行路⑩。虽董⑪之以严刑，振之以威怒，终苟免而不怀仁，貌恭而不心服。怨不在大，可畏惟人；载舟覆舟，所宜深慎；奔车朽索，其可忽乎！

君人者，诚能见可欲则思知足以自戒，将有作⑫则思知止以安人，念高危则思谦冲而自牧⑬，惧满溢则思江海下百川，乐盘游⑭则思三驱以为度，忧懈怠则思慎始而敬终，虑壅蔽⑮则思虚心以纳下，想谗邪则思正身以黜恶⑯，恩所加则思无因喜以谬赏，罚所及则思无因怒而滥刑。总此十思，弘兹九德，简能而任之，择善而从之，则智者尽其谋，勇者竭其力，仁者播其惠，信者效其忠。文武争驰，在君无事，可以尽豫游之乐，可以养松、乔之寿，鸣琴垂拱，不言而化。何必劳神苦思，代下司职，役聪明之耳目，亏无为之大道哉！

注释

① 长（zhǎng）：生长。此处指长得好。

② 浚（jùn）：挖深；疏通（水道）。

③ 明哲：明智的人。此处指唐太宗。

④ 神器：比喻帝位。引自《老子》："天下神器，不可为也。"

⑤ 域中：天地之间。

⑥ 凡百元首：（历代）所有的君主帝王。

⑦ 景命：授予帝王之位的天命。景，大。

⑧ 殷忧：深深的忧虑。

⑨ 骨肉：亲属。

⑩ 行路：过路的人。此处指没有任何关系。

⑪ 董：督察；监督。

⑫ 作：建造。此处指建造宫殿。

⑬ 自牧：自我修养。

⑭ 盘游：游乐打猎。

⑮ 壅（yōng）蔽：遮蔽；阻塞。

⑯ 黜（chù）恶：斥退邪恶的人。

导读

　　本文文笔流畅，善用骈偶，音律和谐，气势恢宏，说理透彻。作者开篇运用排比、比喻的修辞手法，通过论证"固本思源"的道理规劝唐太宗戒骄戒躁，居安思危，以此保障国家的长治久安和繁荣富强。在第二段中，作者通过引述历代王朝兴亡的历史，表明国家取易守难的普遍规律，以君舟民水的形象比喻，提醒唐太宗要聚民心、得民意，言辞有理有据，思想富有哲理。在第三段中，作者又层层推进，引出本文的核心论点"十思"，表达了魏徵心系国家社稷、劳心为国的进谏本意。

岳阳楼记

范仲淹

庆历四年①春，滕子京谪②守巴陵郡。越③明年，政通人和，百废具④兴，乃重修岳阳楼，增其旧制⑤，刻唐贤今人诗赋于其上，属⑥予作文以记之。

予观夫巴陵胜状⑦，在洞庭一湖。衔远山，吞长江，浩浩汤汤⑧，横无际涯，朝晖夕阴，气象万千，此则岳阳楼之大观也，前人之述备⑨矣。然则⑩北通巫峡，南极⑪潇湘，迁客⑫骚人⑬，多会于此，览物之情，得无异乎？

若夫淫雨霏霏⑭，连月不开⑮，阴风怒号，浊浪排空，日星隐曜⑯，山岳潜形，商旅不行，樯倾楫摧⑰，薄暮冥冥，虎啸猿啼。登斯⑱楼也，则有去国⑲怀乡，忧谗畏讥，满目萧然，感极而悲者矣。

至若春和景⑳明，波澜不惊，上下天光，一碧万顷，沙鸥翔集㉑，锦鳞游泳，岸芷汀兰㉒，郁郁㉓青青。而或长烟一空㉔，皓月千里，浮光跃金，静影沉璧㉕，渔歌互答，此乐何极！登斯楼也，则有心旷神怡，宠辱偕㉖忘，把酒临风，其喜洋洋者矣。

嗟夫！予尝求古仁人之心，或异二者之为，何哉？不以物喜，不以己悲，居庙堂之高㉗则忧其民，处江湖之远则忧其君。是进亦忧，退亦忧。然则何时而乐耶？其必曰"先天下之忧而忧，后天下之乐而乐"乎！噫！微斯人，吾谁与归？ 时六年九月十五日。

> 注释

① 庆历四年：公元1044年。庆历，宋仁宗赵祯年号。

② 谪（zhé）：封建时代把高级官吏降职并调到边远地方做官。

③ 越：到。

④ 具：同"俱"。都；全。

⑤ 旧制：原有的规模。

⑥ 属：同"嘱"。嘱咐；吩咐。

⑦ 胜状：美景；佳境。

⑧ 浩浩汤（shāng）汤：水势壮阔的样子。

⑨ 备：详尽；完备。

⑩ 然则：既然这样……那么。

⑪ 极：到达。

⑫ 迁客：被降职流放到外地的官员。

⑬ 骚人：诗人；文人。

⑭ 霏（fēi）霏：雨雪纷飞的样子。

⑮ 开：放晴。

⑯ 隐曜（yào）：隐藏起光芒。

⑰ 樯（qiáng）倾楫摧：桅杆倒下，船桨折断。

⑱ 斯：这。

⑲ 去国：离开京城。此处指被贬。

⑳ 景：日光；阳光。

㉑ 翔集：时而飞翔，时而停歇。

㉒ 岸芷汀（tīng）兰：河岸上的芷草和小洲上的兰花。汀，小洲。

㉓ 郁郁：草木茂盛，也指香气浓厚。

㉔ 长烟一空：大片烟雾完全消散。

㉕ 璧：古代的玉器，扁平，圆形，中间有小孔。此处指月影。

㉖ 偕：一同；一起。

㉗ 居庙堂之高：此处指在朝廷做官。

导读

　　本文善用骈偶，读来朗朗上口。文章一开头，作者便说明了此次作文的缘由。第二段则由远及近地描绘了洞庭湖浩浩汤汤、一望无际的恢宏气势。第三、四段分别描绘了洞庭湖阴雨绵绵、虎啸猿啼的凄凉秋景和风和日丽、晴空万里的盎然春意。为突出洞庭湖景的季节变化，作者更是通过对比的修辞手法，令"阴风怒号，浊浪排空"的秋景与"上下天光，一碧万顷"的春景进行对比，着重表现了洞庭湖的秋之萧瑟和春之明媚。第五段，作者在列举了览物而悲和览物而喜两种情境之后，拟出一问一答，探寻古仁人之心不同于此二者的原因，在于他们忧国忧民之心不因外界变化而动摇，点明了全篇"先天下之忧而忧，后天下之乐而乐"的主旨。文章寓情于景，以情景交融的方式，表明了作者忧国忧民的政治理想与"不以物喜，不以己悲"的达观胸襟。

梁启超（1873—1929），字卓如，号任公，又号饮冰室主人。广东新会（今江门市新会区）人，中国近代思想家、政治家、文学家，与其师康有为倡导变法维新，并称"康梁"。其著作编为《饮冰室合集》。

少年中国说（节选）

梁启超

日本人之称我中国也，一则曰老大帝国，再则曰老大帝国。是语也，盖袭译欧西①人之言也。呜呼！我中国其果老大矣乎？梁启超曰：恶，是何言！是何言！吾心目中有一少年中国在！

欲言国之老少，请先言人之老少。老年人常思既往，少年人常思将来。惟思既往也，故生留恋心；惟思将来也，故生希望心。惟留恋也，故保守；惟希望也，故进取。惟保守也，故永旧；惟进取也，故日新。惟思既往也，事事皆其所已经者，故惟知照例；惟思将来也，事事皆其所未经者，故常敢破格。老年人常多忧虑，少年人常好行乐。惟多忧也，故灰心；惟行乐也，故盛气；惟灰心也，故怯懦；惟盛气也，故豪壮；惟怯懦也，故苟且；惟豪壮也，故冒险；惟苟且也，故能灭世界；惟冒险也，故能造世界。老年人常厌事，少年人常喜事。惟厌事也，故常觉一切事无可为者；惟好事也，故常觉一切事无不可为者。老年人如夕照，少年人如朝阳；老年人如瘠牛，少年人如乳虎；老年人如僧，少年人如侠；老年人如字典，少年人如戏文；老年人如鸦片烟，少年人如泼兰地酒；老年人如别行星之陨石，少年人如大洋海之珊瑚岛；老年人如埃及沙漠之金字塔，少年人如西伯利亚之铁路；老年人如秋后之柳，少年人如春前之草；老年人如死海之潴^②为泽，少年人如长江之初发源。此老年与少年性格不同之大略也。梁启超曰：人固有之，国亦宜然。

　　梁启超曰：伤哉，老大也！浔阳江头琵琶妇^③，当明月绕船，枫叶瑟瑟，衾^④寒于铁，似梦非梦之时，追想洛阳尘中春花秋月之佳趣；西宫南内^⑤，白发宫娥，一灯如穗，三五对坐，谈开元、天宝^⑥间遗事，谱《霓裳羽衣曲》^⑦。青门种瓜人^⑧，左对孺人，顾弄孺子，忆侯门似海珠履杂沓^⑨之盛事。拿破仑^⑩之流于厄蔑^⑪，阿剌飞^⑫之幽于锡兰，与三两监守吏，或过访之好事者，道当年短刀匹马，驰骋中原，席卷欧洲，血战海楼，一声叱咤，万国震恐之丰功伟烈，初而拍案，继而抚髀^⑬，终而揽镜。呜呼！面皱^⑭齿尽，白发盈把，颓然老矣！若是者，舍幽郁之外无心事，舍悲惨之外无天地，舍颓唐之外无日月，舍叹息之外无音声，舍待死之外无事业。美人豪杰且然，而况于寻常碌碌者耶？生平亲友，皆在墟墓；起居饮食，待命于人，今日且过，遑知他日，今年且过，遑恤明年？普天下灰心短气之事，未有甚于老大者。于此人也，而欲望以擎云之手段，回天之事功，挟山超海之意气，能乎不能？

　　…………

　　且我中国畴昔，岂尝有国家哉？不过有朝廷耳。我黄帝子孙，聚族而居，立于此地球之上者既数千年，而问其国之为何名，则无有也。夫所谓唐、虞、夏、商、周、秦、汉、魏、晋、宋、齐、梁、陈、隋、唐、宋、元、明、清者，则皆朝名耳。朝也者，一家之私产也；国也者，人民之公产也。朝有朝之老少，国有国之老少，朝与国既异物，则不能以朝之老少而指为国之老少明矣。文、武、成、康，周朝之少年时代也；幽、厉、桓、赧，则其老年时代也。高、文、景、武，汉朝之少年时代也；元、平、桓、灵，则其老年时代也。自余历朝，莫不有之。凡此者，谓为一朝廷之老也则可，谓为一国之老也则不可。一朝廷之老且死，犹一人之老且死也，于吾所谓中国者何与焉？然则，吾中国者，前此尚未出现于世界，而今乃始萌芽云尔。天地大矣，前途辽矣。美哉，我少年中国乎！

…………

梁启超曰：造成今日之老大中国者，则中国老朽之冤业也；制出将来之少年中国者，则中国少年之责任也。彼老朽者何足道，彼与此世界作别之日不远矣，而我少年乃新来而与世界为缘。如僦^⑮屋者然，彼明日将迁居他方，而我今日始入此室处。将迁居者，不爱护其窗棂，不洁治其庭庑，俗人恒情，亦何足怪！若我少年者，前程浩浩，后顾茫茫，中国而为牛、为马、为奴、为隶，则烹脔鞭棰之惨酷，惟我少年当之；中国如称霸宇内，主盟地球，则指挥顾盼之尊荣，惟我少年享之。于彼气息奄奄，与鬼为邻者，何与焉？彼而漠然置之，犹可言也；我而漠然置之，不可言也。使举国之少年而果为少年也，则吾中国为未来之国，其进步未可量也；使举国之少年而亦为老大也，则吾中国为过去之国，其澌亡^⑯可翘足而待也。故今日之责任，不在他人，而全在我少年。少年智则国智，少年富则国富，少年强则国强，少年独立则国独立，少年自由则国自由，少年进步则国进步，少年胜于欧洲则国胜于欧洲，少年雄于地球则国雄于地球。红日初升，其道大光；河出伏流，一泻汪洋。潜龙腾渊，鳞爪飞扬；乳虎啸谷，百兽震惶。鹰隼试翼，风尘吸张；奇花初胎，矞矞皇皇^⑰。干将发硎^⑱，有作其芒；天戴其苍，地履其黄。纵有千古，横有八荒，前途似海，来日方长。美哉，我少年中国，与天不老！壮哉，我中国少年，与国无疆！

注释

① 欧西：欧美等西方国家。

② 潴（zhū）：水停聚。

③ 浔阳江头琵琶妇：借用唐白居易《琵琶行》中浔阳江头琵琶女回忆往昔的故事。

④ 衾（qīn）：被子。

⑤ 西宫南内：借用唐元稹《行宫》中"白头宫女在，闲坐说玄宗"的故事。

⑥ 开元、天宝：均为唐玄宗李隆基的年号。

⑦ 《霓裳羽衣曲》：唐宫廷乐舞。相传为杨敬述所献，初名《婆罗门曲》，后经唐玄宗润色并制歌词，改用这个名称。

⑧ 青门种瓜人：原秦东陵侯召平。秦亡汉兴，他在长安城东种瓜，味甜美，时称"东陵瓜"。后泛指归隐田园之人。

⑨ 杂沓（tà）：纷杂繁多的样子。

⑩ 拿破仑：拿破仑·波拿巴（1769—1821），法兰西第一帝国皇帝、军事家、统帅。

⑪ 厄蔑：厄尔巴岛，1814年反法联军攻陷巴黎后，拿破仑被流放于此。

⑫ 阿剌飞：阿拉比（约1839—1911），埃及军官。曾领导抗英斗争，后战败被流放至锡兰（今斯里兰卡）。

⑬ 抚髀（bì）：以手拍股，表示感叹或振奋。

⑭ 皴（cūn）：有皱纹。

⑮ 僦（jiù）：租赁。

⑯ 澌亡：灭绝消亡。

⑰ 奫（yù）奫皇皇：光明盛大。

⑱ 发硎（xíng）：刀刚从磨刀石上磨出来。硎，磨刀石。

📙 **导读**

　　本文是梁启超流亡日本时所作。针对当时欧、日等国嘲讽中国为"老大帝国"的谬论，他提出"少年中国"的观点予以回击，从而涤荡封建暮气，激发新生朝气。文章夹叙夹议，感情奔放，气势非凡，用对比的手法，阐明了历代封建王朝更迭灭亡的真相，由此提出了"少年智则国智，少年富则国富，少年强则国强"的强国信念，对祖国美好未来寄予了无限希望，激励了一代又一代中华儿女强烈的爱国热忱。

林觉民(1887—1911)，字意洞，号抖飞，福建闽县（今福州）人。近代民主革命者，黄花岗七十二烈士之一。黄花岗之役时，随黄兴攻打广东总督衙门，受伤被捕，从容就义。遗有绝笔书两封，一为《禀父书》，一为《与妻书》，这两封信均充满了为国牺牲的革命精神。

与妻书

林觉民

意映①卿卿如晤，吾今以此书与汝永别矣！吾作此书时，尚是世中一人；汝看此书时，吾已成为阴间一鬼。吾作此书，泪珠和笔墨齐下，不能竟②书而欲搁笔，又恐汝不察吾衷，谓吾忍舍汝而死，谓吾不知汝之不欲吾死也，故遂忍悲为汝言之。

吾至爱汝，即此爱汝一念，使吾勇于就死也。吾自遇汝以来，常愿天下有情人都成眷属；然遍地腥云，满街狼犬，称心快意，几家能彀③？司马春衫④，吾不能学太上之忘情也。语云：仁者"老吾老以及人之老，幼吾幼以及人之幼"。吾充吾爱汝之心，助天下人爱其所爱，所以敢先汝而死，不顾汝也。汝体吾此心，于啼泣之余，亦以天下人为念，当亦乐牺牲吾身与汝身之福利，为天下人谋永福也。汝其勿悲！

汝忆否？四五年前某夕，吾尝语曰："与使吾先死也，无宁汝先吾而死。"汝初闻言而怒，后经吾婉解，虽不谓吾言为是，而亦无词相答。吾之意盖谓以汝之弱，必不能禁失吾之悲，吾先死，留苦与汝，吾心不忍，故宁请汝先死，吾担悲也。嗟夫！谁知吾卒先汝而死乎？

吾真真不能忘汝也！回忆后街之屋，入门穿廊，过前后厅，又三四折，有小厅，厅旁一室，为吾与汝双栖之所。初婚三四个月，适冬之望日前后，窗外疏梅筛月影，依稀掩映；吾与并肩携手，低低切切，何事不语？何情不诉？及今思之，空余泪痕。又回忆六七年前，吾之逃家复归也，汝泣告我："望今后有远行，必以告妾，妾愿随君行。"吾亦既许汝矣。前十余日回家，即欲乘便以此行之事语汝，及与汝相对，又不能启口，且以汝之有身⑤也，更恐不胜悲，故惟日日呼酒买醉。嗟夫！当时余心之悲，盖不能以寸管⑥形容之。

吾诚愿与汝相守以死，第⑦以今日事势观之，天灾可以死，盗贼可以死，瓜分之日可以死，奸官污吏虐民可以死，吾辈处今日之中国，国中无地无时不可以死。到那时使吾眼睁睁看汝死，或使汝眼睁睁看吾死，吾能之乎？抑⑧汝能之乎？即可不死，而离散不相见，徒使两地眼成穿而骨化石，试问古来几曾见破镜能重圆？则较死为苦也，将奈之何？今日吾与汝幸双健。天下人之不当死而死与不愿离而离者，不可数计，钟情如我辈者，能忍之乎？此吾所以敢率性就死不顾汝也。吾今死无余憾，国事成不成自有同志者在。依新已五岁，转眼成人，汝其善抚之，使之肖⑨我。汝腹中之物，吾疑其女也，女必像汝，吾心甚慰。或又是男，则亦教其以父志为志，则吾死后尚有二意洞在也。甚幸，甚幸！吾家后日当甚贫，贫无所苦，清静过日而已。

吾今与汝无言矣。吾居九泉之下遥闻汝哭声，当哭相和也。吾平日不信有鬼，今则又望其真有。今人又言心电感应有道，吾亦望其言是实，则吾之死，吾灵尚依依旁汝也，汝不必以无侣悲。

吾平生未尝以吾所志语汝，是吾不是处；然语之，又恐汝日日为吾担忧。吾牺牲百死而不辞，而使汝担忧，的的非吾所忍。吾爱汝至，所以为汝谋者惟恐未尽。汝幸而偶我，又何不幸而生今日之中国！吾幸而得汝，又何不幸而生今日之中国！卒不忍独善其身。嗟夫！巾短情长，所未尽者，尚有万千，汝可以模拟得之。吾今不能见汝矣！汝不能舍吾，其时时于梦中得我乎？一恸。辛未三月念六夜四鼓，意洞手书。

　　家中诸母皆通文，有不解处，望请其指教，当尽吾意为幸。

注释

① 意映：林觉民的妻子，陈意映。

② 竟：完成。

③ 彀（gòu）：古同"够"。

④ 司马春衫：引自白居易《琵琶行》中的"江州司马青衫湿"一句。此处指极为悲伤的心情。

⑤ 身：身孕。

⑥ 寸管：毛笔的代称。

⑦ 第：但是。

⑧ 抑：还是。

⑨ 肖：相似；像。

导读

　　《与妻书》是中国民主先驱、革命烈士林觉民于1911年4月24日留给妻子陈意映的一封绝笔家书。在这封书信中，作者发自肺腑地表达了对妻子的浓浓爱意和对变革中的祖国的美好希冀。在信的字里行间，他将国家命运与夫妻深情牢牢地联系在一起，奏响了一位爱国者与爱妻者的和谐音律。在战火纷飞的年代，他甘愿牺牲小我的幸福去换得国家的安康和人民的幸福，这是大爱之所为，更是英雄之赞歌。阅读这一封信，我们能感受到作者强烈的爱国主义号召，细细读来荡气回肠，很难不为之动容。

現代文

孙中山（1866—1925），名文，字德明，广东香山（今中山）人。近代伟大的民主革命家。1905年在日本组建中国同盟会，提出三民主义学说。1911年12月29日在南京被推举为中华民国临时大总统。1912年1月1日在南京宣誓就职。遗著编有《孙中山全集》《孙文选集》等。

在岭南大学黄花岗纪念会的演说

孙中山

学生诸君：

诸君今晚在岭南大学盛设筵席，开黄花岗的纪念会。我对于诸君是有无穷希望的。诸君现在求学时代，便知道纪念黄花岗的七十二烈士，此时的志向，当然是很远大。推到将来毕业之后，替国家做事，建功立业，前程更当然是无可限量。何以由于这个纪念会，便知道诸君的前程是很远大呢？诸君今晚为什么要来纪念黄花岗的七十二烈士呢？就当时的事业说，七十二烈士所做的事，是失败的，不是成功的。十四年前的今日，是七十二烈士为国流血的一日，是革命党惨淡悲歌的一日。所以这个三月二十九日，就是七十二烈士为革命事业失败的一日，这个日期既是七十二烈士失败的一日，我们还要来纪念，所纪念的是在哪一点呢？是不是要纪念他们的失败呢？失败还有什么价值可以纪念呢？我们现在所纪念之一点，不是在他们当时事业的成败，是在那一般烈士当时所立的志气。

七十二烈士在当时立了什么志气呢？我们虽然不能立刻知道他们的志气，但是由于他们失败，便断头流血，牺牲性命，由此便可以知道他们的志气，最少的限度，是不惜身家性命，不管权利幸福，要做一件失败的事。当时起义的情形，是各省革命同志约了几百人集中到广州，想用那几百人，能够攻破制台衙门和水师行台，占领广州做革命的策源地，再和满清去奋斗。至于敌人的军队，有新军，有满洲的驻防军，有提督所统带的水陆军，总共有几万人。革命党不过是几百人，用几百人去打几万人，那般烈士知道要得什么结果呢？就当时敌众我寡过于悬殊的情形相比较，那般烈士在事前，明知道是很危险的。既是明知道那件事极危险，他们还是决心去做，可见他们的用心是很苦的，立志是很深的。他们为什么用心要这样苦呢？因为看见了当时四万万人处在满清专制之下，总是说满清的皇恩浩荡、深仁厚泽，毫不知道被满清征服了两百多年，做了两百多年的奴隶，人人都是醉生梦死。这些人民的前途之生存，是更危险的。因为看见了这种种危险，所以明知道结果是失败，还要去做。所存在的希望是什么呢？就是以身殉国，来唤醒一般醉生梦死的人民。要四万万人由于他们的牺牲，便可以自己觉悟，大家醒过来，为自己谋幸福。所以七十二烈士为国牺牲，以死报国，所立的志气就是要死后唤醒中国的全体国民。由于他们所立的这种志气，便可以知道他们在当时想做那番事业的心思，就是要为四万万人服务。他们在专制政体之下，昏天黑地之中，存心想为四万万人服务，没有别的方法可以达到目的，想到无可如何之时，便以死来感动四万万人，为四万万人来服务。故革命事业，在七十二烈士虽然是失败，但是他们死得其所。在我们后死的人看起来，还可以说是成功。所以我们今天来纪念，就是纪念他们当时的志气，纪念他们以死唤醒国民、为国服务的志气。七十二烈士在辛亥年三月二十九日，想唤醒国民、为国服务，虽然是死了，但是由于他们死了之后，不到五个月便发动武昌起义，推倒满清，打破专制，解除四万万人的奴隶地位。这就是七十二烈士以死唤醒国民、为国服务的志气，达到了目的。

我们今天来纪念他们，便应该学他们的志气，更加扩充，为国家，为人民，为社会，为世界来服务。诸君是学者，是有知识阶级，知道人类的道德观念，现在进步到了什么程度？古时极有聪明能干的人，多是用他的聪明能力，去欺负无聪明能力的人。所以由此便造成了专制和各种不平等的阶级。现在文明进化的人类，觉悟起来，发生一种新道德。这种新道德就是有聪明能力的人，应该要替众人来服务。这种替众人来服务的新道德，就是世界上道德的新潮流。七十二烈士有许多是有本领学问的人，他们舍身救国，视死如归，为人类来服务的那种道德观念，就是感受了这种新道德的潮流。诸君今晚来纪念七十二烈士，要知道不是空空的来纪念，要学他们的志气，尤其要学他们的道德观念。

诸君要学他们的道德观念，是从什么地方学起呢？简直地说，就是要从学问上去学起。诸君现在求学的时候，便应该从今晚学起，爱惜光阴，发奋读书，研究为人类服务的各种学问。有了学问之后，便要立志为国家服务，为社会服务。像七十二烈士一样，虽至牺牲生命亦所不惜。切不可用自己的聪明能力去欺负人类，破坏国家，像那些无道德的官僚军阀之行为。并且要步七十二烈士的后尘，竭力去铲除这些防止国家社会中新道德之进步的大障碍，才是黄花岗气节的真纪念。并望诸君把这个纪念，记在心头，永远勿忘。

导读

本文是孙中山先生在岭南大学"黄花岗七十二烈士纪念会"上发表的一篇演说词。孙中山从黄花岗起义失败、革命事业挫败的现实谈起，分析了烈士们明知危险却依然决心起义这一行为背后的原因，进而论证了这种"以死唤醒国民、为国服务的志气"。此外，演说还由烈士所立下的志气引出世界"道德的新潮流"，从而鼓励青年从学问入手，发奋读书，为国家、为社会服务。

鲁迅（1881—1936），原名周树人，字豫才，浙江绍兴人。中国文学家、思想家、革命家。1918年发表中国现代文学史上第一篇白话小说《狂人日记》。被誉为"二十世纪东亚文化地图上占最大领土的作家"。代表作有《呐喊》《彷徨》《朝花夕拾》等。

中国人失掉自信力了吗

鲁 迅

从公开的文字上看起来：两年以前，我们总自夸着"地大物博"，是事实；不久就不再自夸了，只希望着国联，也是事实；现在是既不夸自己，也不信国联，改为一味求神拜佛，怀古伤今了——却也是事实。

于是有人慨叹曰：中国人失掉自信力了。

如果单据这一点现象而论，自信其实是早就失掉了的。先前信"地"，信"物"，后来信"国联"，都没有相信过"自己"。假使这也算一种"信"，那也只能说中国人曾经有过"他信力"，自从对国联失望之后，便把这他信力都失掉了。

失掉了他信力，就会疑，一个转身，也许能够只相信了自己，倒是一条新生路，但不幸的是逐渐玄虚起来了。信"地"和"物"，还是切实的东西，国联就渺茫，不过这还可以令人不久就省悟到依赖它的不可靠。一到求神拜佛，可就玄虚之至了，有益或是有害，一时就找不出分明的结果来，它可以令人更长久的麻醉着自己。

中国人现在是在发展着"自欺力"。

"自欺"也并非现在的新东西，现在只不过日见其明显，笼罩了一切罢了。然而，在这笼罩之下，我们有并不失掉自信力的中国人在。

我们从古以来，就有埋头苦干的人，有拼命硬干的人，有为民请命的人，有舍身求法的人，……虽是等于为帝王将相作家谱的所谓"正史"，也往往掩不住他们的光耀，这就是中国的脊梁。

这一类的人们，就是现在也何尝少呢？他们有确信，不自欺；他们在前仆后继的战斗，不过一面总在被摧残，被抹杀，消灭于黑暗中，不能为大家所知道罢了。说中国人失掉了自信力，用以指一部分人则可，倘若加于全体，那简直是诬蔑。

要论中国人，必须不被搽在表面的自欺欺人的脂粉所诓骗，却看看他的筋骨和脊梁。自信力的有无，状元宰相的文章是不足为据的，要自己去看地底下。

九月二十五日

导读

　　本文是鲁迅针对当时舆论界关于民族自尊心与自信力濒于幻灭的悲观论调进行的反驳。文章逻辑严密，观点鲜明。第一部分作者在讽刺与蔑视中批判了那些确实失掉自信力，甚至开始发展自欺力的人。以"然而，在这笼罩之下，我们有并不失掉自信力的中国人在"一句为转折，由古而今，举出事例，有力地证明了中国人民没有失掉自信力的事实。结尾以振奋激扬的语调，对中国的"脊梁"进行热情赞颂。歌颂了在黑暗之中依然为祖国奋斗的人们，鼓舞了中华民族的民族自信和战斗精神。

李大钊（1889—1927），字守常，直隶乐亭（今属河北）人。中国无产阶级革命家，中国共产党创始人之一。俄国十月革命胜利后，迅即成为中国接受和传播马列主义的先驱。代表作有《法俄革命之比较观》《布尔什维主义的胜利》等。

庶民的胜利

李大钊

我们这几天庆祝战胜，实在是热闹得很。可是战胜的，究竟是哪一个？我们庆祝，究竟是为哪个庆祝？我老老实实讲一句话，这回战胜的，不是联合国的武力，是世界人类的新精神；不是哪一国的军阀或资本家的政府，是全世界的庶民；我们庆祝，不是为哪一国或哪一国的一部分人庆祝；是为全世界的庶民庆祝。不是为打败德国人庆祝，是为打败世界的军国主义庆祝。

这回大战，有两个结果：一个是政治的，一个是社会的。

政治的结果，是"大……主义"失败，民主主义战胜。我们记得这回战争的起因，全在"大……主义"的冲突。当时我们所听见的，有什么"大日尔曼主义"唎，"大斯拉夫主义"唎，"大塞尔维主义"唎，"大……主义"唎。我们东方，也有"大亚细亚主义""大日本主义"等等名词出现。我们中国也有"大北方主义""大西南主义"等等名词出现。"大北方主义""大西南主义"的范围以内，又都有"大……主义"等等名词出现。这样推演下去，人之欲大，谁不如我，于是两大的中间有了冲突，于是一大与众小的中间有了冲突，所以境内境外战争迭起，连年不休。

"大……主义"就是专制的隐语，就是仗着自己的强力蹂躏他人、欺压他人的主义。有了这种主义，人类社会就不安宁了。大家为抵抗这种强暴势力的横行，乃靠着互助的精神，提倡一种平等自由的道理。这等道理，表现在政治上，叫作民主主义，恰恰与"大……主义"相反。欧洲的战争，是"大……主义"与民主主义的战争。我们国内的战争，也是"大……主义"与民主主义的战争。结果都是民主主义战胜，"大……主义"失败。民主主义战胜，就是庶民的胜利。社会的结果，是资本主义失败，劳工主义战胜。原来这回战争的真因，乃在资本主义的发展。国家的界限以内，不能涵容他的生产力，所以资本家的政府想靠着大战，把国家界限打破，拿自己的国家作中心，建一世界的大帝国，成一个经济组织，为自己国内资本家一阶级谋利益。俄、德等国的劳工社会，首先看破他们的野心，不惜在大战的时候，起了社会革命，防遏这资本家政府的战争。联合国的劳工社会，也都要求和平，渐有和他们的异国的同胞取同一行动的趋势。这亘古未有的大战，就是这样告终。这新纪元的世界改造，就是这样开始。资本主义就是这样失败，劳工主义就是这样战胜。世间资本家占最少数，从事劳工的人占最多数。因为资本家的资产，不是靠着家族制度的继袭，就是靠着资本主义经济组织的垄断，才能据有。这劳工的能力，是人人都有的，劳工的事情，是人人都可以做的，所以劳工主义的战胜，也是庶民的胜利。

民主主义、劳工主义既然占了胜利，今后世界的人人都成了庶民，也就都成了工人。我们对于这等世界的新潮流，应该有几个觉悟：第一，须知一个新命的诞生，必经一番苦痛，必冒许多危险。有了母亲诞孕的劳苦痛楚，才能有儿子的生命。这新纪元的创造，也是一样的艰难。这等艰难，是进化途中所必须经过的，不要恐怕，不要逃避的。第二，须知这种潮流，是只能迎，不可拒的。我们应该准备怎么能适应这个潮流，不可抵抗这个潮流。人类的历史，是共同心理表现的记录。一个人心的变动，是全世界人心变动的征兆。一个事件的发生，是世界风云发生的先兆。一七八九年的法国革命，是十九世纪中各国革命的先声。一九一七年的俄国革命，是二十世纪中世界革命的先声。第三，须知此次和平会议中，断不许持"大……主义"的阴谋政治家在那里发言，断不许有带"大……主义"臭味，或伏"大……主义"根蒂的条件成立。即或有之，那种人的提议和那种条件，断归无效。这场会议，恐怕必须有主张公道破除国界的人士占列席的多数，才开得成。第四，须知今后的世界，变成劳工的世界。我们应该用此潮流为使一切人人变成工人的机会，不该用此潮流为使一切人人变成强盗的机会。凡是不做工吃干饭的人，都是强盗。强盗和强盗夺不正的资产，也是一种的强盗，没有什么差异。我们中国人贪惰性成，不是强盗，便是乞丐，总是希图自己不做工，抢人家的饭吃，讨人家的饭吃。到了世界成一大工厂，有工大家做，有饭大家吃的时候，如何能有我们这样贪惰的民族立足之地呢？照此说来，我们要想在世界上当一个庶民，应该在世界上当一个工人。诸位呀！快去做工呵！

导读

　　本文是李大钊为庆祝第一次世界大战结束而发表的演讲，后刊登于《新青年》杂志。当时深受俄国十月革命胜利鼓舞的李大钊，用马列主义的唯物史观分析了战争的性质、根源和结果。痛斥了代表专制的"大……主义"，并揭露了"大……主义"背后所隐含的弊端，宣传并解释了平等自由的民主主义、劳工主义，鼓励大众顺应时代的潮流，为中国创造更光明的未来。本文立意明确、层次分明，运用了设问、排比等修辞手法，语言铿锵有力，有一种排山倒海的气势，表明了作者竭力想要改变当时社会的决心，最后一句"诸位呀！快去做工呵！"更是满怀激情，让作者内心的爱国之情溢于言表。

郭沫若（1892—1978），原名郭开贞，笔名郭鼎堂，四川乐山人。中国作家、诗人、历史学家。1921年，与郁达夫、成仿吾等人组织创造社，并出版个人的第一部诗集《女神》。抗日战争全面爆发后，从日本秘密回国，积极从事抗日救亡运动。1949年，被选为全国文联主席，并历任中央人民政府委员、政务院副总理兼文化教育委员会主任等职。代表作有《屈原》《棠棣之花》等。

我们为什么抗战（节选）

郭沫若

东方有一大群疯狗，这一大群疯狗便是日本国的飞扬跋扈的军人。

日本的军人，尤其他们的领导者，他们自幼年时便受着偏颇的军事教育，他们的头脑异常简单，除掉侵略、占领、轰炸、屠杀之外，没有其他的字汇。他们自中东之战、日俄之战，屡次的战役获得了战胜的甘饵以来，他们只知道战争的利得而不知道战争的惨祸，这，早昏迷了他们作为人而存在的良心，他们是把人的血液当成为醇酒了。

欧洲大战对于日本也有了偏惠，世界的均势渐渐地失掉平衡，日本的军人便愈加跋扈起来，他们在他们的本国是早已施行了军事的统制的。连那号称为自由主义者的日本的唯一的元老，西园寺公爵，都早已失掉了他的政治上的发言权，而且连生存权都时时要受着危害，其他是可以不言而喻的。

和平的日本，理智的日本，建设的日本，是早已窒息了。

日本就在这一大群的狂暴军人的统制之下，在吐放着他们的毒气。他们的野心是没有止境的，他们不仅是想吞灭我们全体的中国，而且是想混一我们整个的世界。这，我们是明确地知道的。就是全世界的具眼的人士也是早已知道。

我们晓得，人类的福祉是在人类生活得到理智的统制时的和平状态之下所建设起来的。人类自脱离了兽域以来，他的目标是正确地向着人类的协和，泯除着各个民族各个社会的偏狭的传统，尤其是个人所禀赋着的先天的兽性而前进着的。以往的人类文化是这样建设了起来，今后的人类文化也当这样建设起来。

我们中华民族素来是嗜好和平的民族，我们的祖宗替我们建设了四千年的文化，以仁义为大本的文化。这文化我们作为礼物赠送给了日本，使日本人早于千年以前脱掉原始的界域，和我们达到同一的水准了。

…………

然而，日本人，在狂暴的军部统制之下的日本人，所回答我们的礼物是什么呢？是毁坏文明、摧残人类福祉的飞机大炮、毒气细菌！

日本的狂暴军部是世界文化、人类福祉的最大的威胁，这，是明而且白的事体。

不仅我们中国民族是达到了生死存亡的关头，就是整个人类都是达到了生死存亡的关头了。

过往无数的志士仁人为谋人类福祉，费尽无数心血所创建的文化利器，都为日本军阀所逆用，用来毁灭我们全人类了。

我们中国民族本着他爱好和平的素志，我们被逼迫到忍无可忍的地步，我们现在提着正义的剑，起来了。我们不仅是为要争取我们的生存权，为要保卫我们的祖国而抗战，我们并且是为要保卫全世界的文化，全人类的福祉而抗战。

我们知道，我们的力量很薄弱，但我们的意志却很坚强。我们也明确地知道，日本军部的强悍是因有日本经济为粮台，而日本的经济基础是奠设在我们中国身上的。我们中国能制日本经济的死命，同时也就是能制日本军部的死命。古语云："时日曷丧，余及汝偕亡。"我们要拚弃我们的一切，至少是要达到与日本军部同归于尽的一步。

我们就牺牲了自己的生存权，牺牲了自己的祖国，而使全世界的文化，全人类的福祉得到保障，我们能遂行着这种使命，我们是感觉着无上的光荣的。

全世界爱好和平的朋友，保卫文化的战士，请你们一致起来和我们携手，为全世界的文化而战，为全人类的福祉而战，歼灭这东方的一大群疯狗！

导读

1937年7月，卢沟桥事变爆发，被迫旅居日本十年的郭沫若，毅然回到国内，积极投身抗日救亡运动。本文即写于他归国后的第20天，在此期间，日寇在上海发动了八一三事变。郭沫若有感于抗战形势的严峻，借此文呼吁全国人民积极投身到这场保家卫国的战斗中来，齐心协力消灭外国侵略者，为国家和民族赢得反侵略战争的胜利贡献力量，同时他也呼吁全世界爱好和平的朋友一起携手，为全人类的福祉而斗争。

叶圣陶（1894—1988），原名叶绍钧，江苏苏州人。中国教育家、作家。1921年参与组织文学研究会。中华人民共和国成立后，先后任中央人民政府出版总署副署长兼编审局局长、教育部副部长兼人民教育出版社社长和总编辑等职。代表作有《倪焕之》《爬山虎的脚》等。

融合起来了

叶圣陶

从开国到现在是五周年。这五周年间，咱们中国社会好像一直在跑步，跑步的进程相当于多少年的缓步前进，恐怕很难作准确的估计。这个人说，咱们大家在这五周年间都有不少进步。要不是全国大陆解放，要不是中华人民共和国成立，恐怕五年的光阴一眨眼过去，咱们大家依然故我，无论思想跟认识，无论态度跟作风，也许一辈子还是五年前那个老样儿。这五年对于中国社会，对于咱们大家，简直可以说是史无前例的珍奇，现在要静心回顾一下，表达那种深切的感受，真有穷于语言之感。

分别了好久的老朋友会了面，手握得紧紧的，一个说："您精神挺旺盛呀！"一个说："我觉得您轻了十年年纪！"这种经常听见的对话绝非寻常客套，这里头包含着无限的激动跟无上的喜悦。说出来的话虽然那么简单，可是够了，彼此心领神会了——所以精神旺盛，所以轻了十年年纪，全由于那史无前例的珍奇。

要是说得具体些，彼此心领神会的，大概有如下的内容。社会、国家有了确定的路向，而且是脚踏实地的、绝端正确的路向，因而咱们大家也有了确定的路向，只要脚踏实地往前走就是。这就产生一种非常安定的心情，该做些什么，该怎么样做，全都清清楚楚，永远可以跟"踌躇""彷徨"之类的词儿绝缘。在那确定的路向里头，个人跟社会、国家的关系也显得挺明白。社会、国家的利益是个人最大最可靠的利益，所以个人的利益不能够跟社会、国家的利益冲突，个人的最主要的事情是争取社会、国家的利益。谁理会了这一层，谁就能够"去蔽""去私"，虽然由于历史的影响跟旧来的习染，"蔽"跟"私"未必能够"去"得一干二净，但是多少"去"一部分，往后还将继续"去"，那是肯定的。

不安定的心情多么折磨人啊！前途茫茫，莫知所从，于是形容憔悴，搔首踟蹰。"蔽"跟"私"多么腐蚀人啊！心心念念脱不出个人的小圈子，绞尽脑汁光为个人的利益打算，于是丧失了作为真正的人的意义。现在咱们大家怀着非常安定的心情，逐步地在这里"去蔽""去私"，咱们成了不受折磨、免于腐蚀的自由人，怎能不精神旺盛，年纪轻了十年？历史家不妨研究一下，在过去，咱们中国人民有没有一个时期像这五年来那样不受折磨、免于腐蚀的。我没有研究过，可是我敢断定说没有。惟其没有，所以这五年是史无前例的珍奇。

史无前例的珍奇从哪儿来？由于咱们中国社会开了史无前例的局面，由于咱们中国人民占了史无前例的地位，如毛主席指出的，咱们中国人民站起来了。人民站起来了，人民对于社会、国家的大事当了家作了主，一切的表现就迥然不同，从前办不到的，现在可办得到了。这是咱们眼见为真的事实，也是跟咱们中国同一类型的社会、国家里的人民共同经验的事实。这好像有些难以理解，为什么从前办不到的现在可办得到了？其实不难理解。人民当了家作了主，就有了共同的路向跟共同的目标，虽然大家干的是各行各业，想的是各情各理，可是像百川归海那样，路向都朝东，目标都是大海。路向同，目标同，无限量的力量就融合成一股伟大的力量，千千万万颗心就融合成一颗伟大的心。这是从古以来不曾融合过的，现在可出现了全新的事儿，融合起来了；那么，一切的表现相应地出现全新的样儿，跟从前迥然不同，岂不是必然之理。

从扑灭苍蝇到抗美援朝，从商量组织农业生产互助组到讨论中华人民共和国宪法草案，就事情的大小轻重说，相差多么远。可是咱们以同样认真负责的态度对待这些事情，因为咱们知道这些事情全都是大家的事情，全都跟咱们共同的路向、共同的目标有关系，非把自己的力量、自己的心投进去不可。

我说从什么到什么，这是只提两头的说法，中间包括着许多事情。现在不说其他事情，光就提明的四件事情来看看，全国人民共同扑灭苍蝇的结果，苍蝇在全国范围内成为"孑遗"的种类，将会有完全被消灭的一天。抗美援朝的胜利不用多说，只消说这么一句就够了：这个胜利永远铭刻在中朝人民的心头，永远铭刻在全世界爱好和平的人民的心头，也永远鞭打着美国侵略集团的神经。至于互助合作的好处，农民跟其他行业的人一样，几乎到了家喻户晓的地步，组织起来已经成为普遍的信念，互助组仿佛还不够味，最好一上手就来个合作社。最后看宪法草案的全民讨论，全国人民提出的意见多到一百多万条，什么地方要加，该怎样加，什么地方要改，该怎么改，什么地方还得斟酌考虑，该就什么方面斟酌考虑，都给详细提出，真是一个字一个标点符号也不肯含糊，为的宪法是根本大法，是全国人民各方面生活的准绳。请想一想，这四件事情得到这样的成绩，假如在从前的朝代，办得到吗？从前绝对办不到，现在可办得到，最主要的理由只有一条，就是人民站起来了，一股伟大的力量、一颗伟大的心融合起来了。

逢到庆祝的节日，国庆节呀，劳动节呀，会集在天安门前的有几十万人。那几十万人的眼神跟脸色，那几十万人的步调跟欢呼，使人发生一种直觉——这就亲眼看见了这股伟大的力量，这就亲眼看见了这颗伟大的心。在另外的情形之下，咱们也发生同样的直觉。咱们读报刊书籍，或者到各处去走走，知道各种人物在各种方面活动。姓张的劳动模范创造了机械操作的先进经验，姓王的劳动模范获得了作物栽培的丰产经验，姓赵的小学教师提高了所任功课的教学效率，姓李的合作社售货员发明了便利顾客的服务方法……咱们或是遇见他们本人，或是看见印在报刊上的他们的相片，咱们知道他们的成绩价值多大，也知道他们怎么样取得这些成绩。还有许许多多的人，咱们不知道他们姓甚名谁，也不知道他们什么样儿，可是知道他们的成绩了不起。比如今年遭到历来少有的大水患，咱们读报刊，就知道某处地方防水抢险有多少人，另外一处地方又有多少人，他们的努力也许记得很简略，可是咱们凭经验凭想象来补充，就可以断定他们干了英雄的事业。知名识姓的也好，不知道姓甚名谁的也好，他们天各一方，业各一行，可同样是当家作主的老同行，同样为共同的目标而贡献他们的心血跟体力。咱们这么想的时候，他们在咱们的意念里头会集在一块儿了，像咱们在天安门前看见的队伍一样。于是咱们发生一种直觉——这就亲眼看见了这股伟大的力量，这就亲眼看见了这颗伟大的心。

我此刻独个儿坐在这里写这篇小文章，不读报刊也不开收音机，似乎跟外界完全隔绝。可是不然，我能够料知各方面的生活的情形。我知道许多勘探队分布各地，正在专心致志地勘探地下的资源。我知道兰新铁路、宝成铁路的修建工人正在使劲挥汗，争取早些日子完工，让火车早些日子在铁路上飞跑。我知道长江大桥的修建工人也不差劲，正在驱遣钢铁水泥，让它化为江面的长虹。我知道许多房屋正在全国各地修建起来。我知道全国各地的物产正在各种运输线上交流。我知道许多技术革新者正在绞脑汁，找窍门，追求生产效率的提高。我知道许多科学家正在努力钻研，理论方面跟实际应用方面，都要求迎头赶上。我知道各级学校的学生正在认真学习……这样说下去是说不完的，就此打住吧。总之，尽管记者、通讯员、著作家脑筋锐敏，笔杆勤快，他们报道的、描写的各方面的生活总赶不上实际那么丰富。这各方面的生活的进展也就是伟大的力量、伟大的心的表现。

正因为一股伟大的力量已经融合起来，一颗伟大的心已经融合起来，谁都觉得精神抖擞，勇气百倍，能够把自己的一份工作搞好。咱们都有自豪感，可是决不骄傲自满。缺点经常有，努力还很不够，咱们知道得挺清楚，惟其知道得挺清楚，缺点可以去掉，努力可以加强。咱们所以自豪，就在于能够这样脚踏实地地走向咱们的目标。

正因为一股伟大的力量已经融合起来，一颗伟大的心已经融合起来，咱们可以挺起胸膛说这样的话，就是写在咱们宪法序言的末了儿的："为世界和平和人类进步的崇高目的而努力。"

一九五四年九月六日

导读

本文创作于1954年，当时叶圣陶刚刚完成对中华人民共和国第一部《宪法（草案）》的修润工作，因有感于新中国成立不久便取得了卓越成就而作此文。表达了作者对祖国日新月异的赞美之情，更体现了作者对民族独立、国家富强的自豪与激动之情。

朱自清（1898—1948），原名朱自华，字佩弦，江苏扬州人。中国散文家、诗人、古典文学研究家。1920年毕业于北京大学。曾在清华大学、昆明西南联合大学等校担任教授。代表作有《匆匆》《桨声灯影里的秦淮河》《背影》等。

新中国在望中

朱自清

抗战的中国在我们的手里，胜利的中国在我们的面前，新生的中国在我们的望中。

中国要从工业化中新生。我们要自己制造飞机，坦克车，军舰；我们要有自己的天，自己的地，自己的海。我们要有无数的"机器的奴隶"给我们工作；穿的，吃的，住的，代步的，都教它们做出来。我们用机器制造幸福，不靠神圣以及不可知的力量。

中国要从民主化中新生。贤明的领袖应该不坐在民众上头，而站在民众中间；他们和民众面对面，手挽手。他们拉着民众向前走，民众也推着他们向前走。民众叫出自己的声音，他们集中民众的力量。各级政府都建设在民众的声音和力量上，为了最大多数的最大幸福而努力。这是民治，民有，民享。

中国要从集纳化中新生。地广民众的中国要统一意志与集中力量，必得靠公众的喉舌，打通层层的壁垒。报纸将和柴米油盐并肩列为人们的"开门"几件事之一。这就是集纳化。报纸要表现时代，批评时代，促进时代；它不但得在四万万人的手里，并且得在四万万人的心里。它会给你知识，给你故事，给你诗，教导你，安慰你，帮助你认识时代，建立自己，建立国家。

是的，在我们面前的是胜利的中国，在我们望中的是新生的中国，可是非得我们再接再厉的硬干，苦干，实干，新中国不会到我们手里！

导读

本文写于1945年12月。文中，作者从三方面对中国的"后抗战时代"提出合理建议：一是"要从工业化中新生"；二是"要从民主化中新生"；三是"要从集纳化中新生"。这三点建议分别对中国在抗战后的经济、政治、思想等问题做出了独具创造性和突破性的提议。不仅表达了作者拳拳的爱国之心，也鼓励人们传承和发扬"硬干，苦干，实干"的奋斗精神。

丰子恺（1898—1975），浙江桐乡人。中国画家、文学家、美术和音乐教育家。早年师从李叔同学习绘画、音乐。1921年东渡日本留学。回国后，在上海、浙江等地从事美术和音乐教学。五四运动后开始漫画创作。中华人民共和国成立后，任上海中国画院院长、中国美术家协会上海分会主席。被誉为"现代中国最艺术的艺术家""中国现代漫画鼻祖"。代表作有《丰子恺漫画》《缘缘堂随笔》等。

爱护同胞

丰子恺

我们中华民族，现在虽受暴敌的残害，但内部因此而发生一种从来未有的好现象，就是同胞的愈加亲爱。这可使我们欣慰而且勉励。这好现象的制造者，大都是热情的少年。我现在就把我所亲见的两桩事告诉全国的少年们。

我于故乡失守的前一天，带了家族老幼十人和亲戚三人（自三岁至七十岁），离开浙江石门湾。转徙流离，备尝艰苦。三个多月之后，三月十二日，幸而平安地到了湖南的湘潭。本地并没有我的朋友。长沙的朋友代我在湘潭乡下觅得一间房子。所以我来到湘潭，预备把家眷在这房子里暂时安顿的。我到了湘潭，先住在一所小旅馆里。次晨冒着雪，步行到乡下去接洽那间房子。我以前没有到过湘潭，路头完全不懂。好容易走出市梢，肚子饿起来，就在一所小店里吃一碗面。面店里的人听我的口音不是本地人，同我攀谈起来。我一面吃面，一面把流离的经过和下乡的目的告诉他们。我的桌子旁边围集了许多人，对我发许多质问和许多太息。最后知道我下乡不懂得路，大家指手划脚地教我。内中有一位十三四岁的少年，身穿制服，似是学生，一向目不转睛地静听我讲，这时忽然立起来，对我说："我陪你去！"旁的大人们都欢喜赞善。于是我就得了一位小向导，两人一同下乡去。

冒雪走了约半小时，小向导指着一所大屋对我说："前面就是你接洽房屋的地方，你自己去找人吧！"我谢了他，请他先回。他点点头，但不回身，站在雪中看我去敲门。

我走进屋子，找到长沙友人所介绍的友人，才知道所定的房屋，已于前几天被兵士占据，而附近再没有空的房子可给我住。那位朋友说："现在湘潭有人满之患，房屋很不易找，你须得在旅馆里住上十天八天，才有希望呢，一下子是找不到的。"言下十分惋惜，但是爱莫能助。我们又谈了些闲话，大约坐了半小时，我方告别。走出门，心中很焦灼。另找房屋，我没有本地的朋友可托，即使有之，我们十余人住在旅馆里等，每天要花八九块钱（每人每日连伙食六角），十天八天是开销不起的。不住旅馆，这一大群老幼怎么办呢？正在进退两难，踌躇满志的时候，抬起头来，见我的小向导还是站在雪中，扬声问道："房子找到么？"原来他替我担心，要等了回音才可安心回去。我只得对他直说。他连声说："怎么办呢？怎么办呢？"但也是爱莫能助。我十分感激他的爱护同胞的诚意，想安慰他，假意说道："我城里还有朋友，可以再托他们到别处去找，谢谢你的好意！我们一同回去吧。"这位少年始终替我担心。直到分别，他的眉头没有展开。后来我终于无法在湘潭找屋，当日乘轮赴长沙。轮船离开湘潭的时候，匆忙中还想起这位爱护同胞的少年，在心中郑重地向他告别。

还有一桩事，是在长沙所见的。初到长沙这几天，我在街上四处漫跑，借以认识这城市的面目。有一个下雨的下午，我跑到轮船埠附近，看见前面聚着一簇人，似乎发生什么事件。挤进去一看，但见许多人围着一个孩子，在那里谈论。探听一下，才知道这孩子是从上海附近的昆山逃出来的难民，今年才九岁。原来跟着父母同走，半途上父母都被敌人炸死，只剩他一个。幸有同乡人收领，带他到湘潭。但这同乡人自己的生活也很困难，最近而且生病了。这孩子自知难于久留，向同乡借了几毛钱，独自来长沙，做乞丐度日。他身上非常褴褛。一件夹袄经过数月的流离，已经破碎不堪。脚上的鞋子两头都已开花，脚趾都看见了。春寒料峭，他站在微雨中浑身发抖。周围都是湖南人。你一句，我一声地盘问他。在他多半听不懂，不能回答。我两方面的话都懂得，就站出来当翻译。因此旁人得知其详，大家摸出铜板或角票来送他。我也送了他两毛钱。群众渐渐散去，我替他合计一下已得布施二元三角和数十铜板。九岁的孩子，言语不通，叫他怎样处置这钱呢？我正为他担忧，最后散去的四位少年就来替他设法。他们都是十四五至十六七岁的人，本来混在群众里观看，曾经出过钱，现在又出来替他处置这钱。有一位少年说："他自己不会买物，我们替他代买吧。"另一位说："先替他买一件棉袄。"又一位少年说："再替他买一双鞋子。"又一位少年说："一双球鞋就行。晴天雨天都可穿。"于是大家替他打算价钱，商量买的地方。更进一步，为他设法住的地方。有的说送他进难民收容所。有的说送他到某人家里。随后，四位少年就带他同走。我正惭愧无法帮忙，少年们举手对我告别，说道："你老人家回去吧，我们会给他想法子的！"我目送这五个人转了弯，不见了，然后独自回寓。我以前曾给《爱的教育》画插图。今天所见的，真像是《爱的教育》中的插图之一。

上述的两桩事，可以证明我们中国人因了暴敌的侵凌，而内部愈加亲爱，愈加团结起来。我从浙江石门湾跑到长沙，走了三千里路。当初预想，此去离乡背井，举目无亲，一定不堪流离失所之苦。岂知不但一路平安无事，而且处处受到老百姓的同情，和兵士的帮助，使我在离乡三千里外，毫无"异乡"之感。原来今日的中国，已无乡土之别，四百兆都是一家人了。我们本来分居各省，对于他省地理不甚熟悉。为了抗战，在报纸上习见各省的地名，常闻各地的情状，对于本国地理就很熟悉，视全国如一大厦，视各省如各房室了。我们本来各操土音，对于他省的方言不甚理解。为了流离，各地人民杂处，各种方言就互相混杂。浙江白迁就湖南白，湖南白迁就浙江白，到后来也不分彼此，互相理解了。况且同是受暴敌的侵凌，相逢何必曾相识？所以我国民族观念之深和团结力之强，于现今为最烈！这是很可庆慰的事，也是应该更加勉励的事。少年们富有热情，且出于天真，故其言行最易动人。希望大家利用这国难的机会，努力爱护同胞，团结内部。古语云："众志成城。"我们四百兆人团结所成的城，是任何种炮火所不得攻破的！

一九三八年

导读

　　八一三事变后，为躲避战乱，丰子恺携家眷流寓内地。途经湘潭、长沙时，丰子恺因有感于亲身经历，而写下了这篇《爱护同胞》。文章写出了中华民族在遭到日本帝国主义侵略时所表现出的一种空前的团结和友爱，赞扬了中华民族的美好品性，表达了作者对同胞的热爱之情。

瞿秋白（1899—1935），江苏常州人。中国无产阶级革命家，中国共产党早期领导人。中央红军主力长征后，留在苏区，任中共苏区中央分局宣传部部长兼中央办事处教育部部长。1935年6月18日因国民党迫害，就义于福建长汀。遗著编有《瞿秋白文集》《瞿秋白选集》。

暴风雨之前

瞿秋白

宇宙都变态了！

一阵阵的浓云；天色是奇怪的黑暗，如果它还是青的，那简直是鬼脸似的靛青的颜色。是烟雾，是灰沙，还是云翳把太阳蒙住了？为什么太阳会是这么惨白的脸色？还露出了恶鬼似的雪白的十几根牙齿？

这青面獠牙的天日是多么鬼气阴森，多么凄惨，多么凶狠！

山上的岩石渐渐地蒙上一层面罩，沙滩上的沙泥簌簌地响着。远远近近的树林呼啸着，一忽儿低些，一忽儿高些，互相唱和着，呼啦呼啦……喊喊喈喈……——宇宙的呼吸都急促起来了。

一阵一阵的成群的水鸟，不知道在什么地方受着了惊吓，慌慌张张地飞过来。它们想往哪儿去躲？躲不了的！起初是偶然的，后来简直是时时刻刻发见在海面上的铄亮的，真所谓飞剑似的，一道道的毫光闪过去。这是飞鱼。它们生着翅膀，现在是在抱怨自己的爷娘没有给它们再生几只腿。它们往高处跳，跳到哪儿去？始终还是落在海里的！

海水快沸腾了，宇宙在颠簸着。

一股腥气扑到鼻子里来。据说是龙的腥气。极大的暴风雨和霹雳已经在天空里盘旋着，这是要"挂龙"了。隐隐的雷声一阵紧一阵松地滚着，雪亮的电闪扫着。一切都低下了头，闭住了呼吸，很慌乱地躲藏起来。只有成千成万的蜻蜓，一群群的轰动着，随着风飞来飞去。它们是奇形怪状的，各种颜色都有：有青白紫黑的，像人身上的伤痕，也有鲜丽的通红的，像人的鲜血。它们都很年青，勇敢，居然反抗着青面獠牙的天日。

据说蜻蜓是"龙的苍蝇"。将要"挂龙"——就是暴风雨之前，这些"苍蝇"闻着了龙的腥气，就成群结队地出现。

暴风雨快要来了。暴风雨之中的雷霆，将要劈开黑幕重重的靛青色的天。海翻了个身似的泼天的大雨，将要洗干净太阳上的白翳。没有暴风雨的发动，不经过暴风雨的冲洗，是不会重见光明的。暴风雨呵，只有你能够把光华灿烂的宇宙还给我们！只有你！

但是，暂时还只在暴风雨之前。"龙的苍蝇"始终只是些苍蝇，还并不是龙的本身。龙固然已经出现了，可是，还没有扫清整个的天空呢。

导读

　　本文写于1931年底，并于次年1月20日发表在《北斗》杂志。作者用象征的写作手法和隐喻的修辞手法，描绘了暴风雨来临前的种种景象，揭露和批判了当时黑暗、压抑、恐怖的社会现实，赞美了敢于冲破黑暗、勇于追求自由与光明的青年一代。作者在字里行间流露出了对中国共产党领导人民取得革命胜利的信心与祝福，深刻表达了自己强烈而真挚的爱国情怀！

闻一多（1899—1946），原名闻家骅，湖北浠水人。中国爱国主义诗人、学者。1923年与徐志摩、梁实秋等人以"聚餐会"的形式在北京成立文学社团——新月社。全国性抗战期间，前往昆明西南联合大学任教授。抗日战争胜利后，积极投身反对内战的民主运动。1946年7月15日，闻一多在云南昆明被国民党特务暗杀。代表作有《红烛》《死水》等。

可怕的冷静

闻一多

一个从灾荒里长成的民族，挨着一切的苦难，总像挨着天灾一样，以麻木的坚忍承受打击，没有招架，没有愤怒，甚至没有呻吟，像冬眠的蛰虫一般，只在半死状态中静候着第二个春天的来临，——这样便是今天的中国，快挨过了第七个年头的国难，它会准备再挨下去，直到那一天，大概一觉醒来，自然会发现胜利就在眼前。客观上，战争与饥饿本也久已打成一片了，因此，愈是实在的战斗员，愈有挨饿的责任，不像人家最前线的人们吃得最好最饱，我们这里真正的饿殍恰恰就是真正的兵士。抗战与灾荒既已打成一片，抗战期中的现象，便更酷肖荒年的现象了。照例是灾情愈重，发财的愈多，结果贫穷的更加贫穷，富贵的更加富贵。照例是灾情严重了，呼吁的声音海外比国内更响，于是救济的主要责任落在外人身上，而国内人士，相形之下，便愈能显出他们那"不动心"的沉着而雍容的风度了。现在一切荒年的社会现象在抗战中又重演一次，不过规模更大，严重性更深刻些罢了。但是说来奇怪，分明是痼疾愈深，危机愈大，社会表层偏要装出一副太平景象的面孔。配合着冠冕堂皇的要人谈话和报纸社评的，是一般社会情绪——今天一个画展，明天一个堂会，"顾左右而言他"的副刊和小报一天天充斥起来，内容一天比一天软性化。从抗战开始以来，没有见过今天这样"众人熙熙，如享太牢，如登春台"的景象，这不知道是肺结核患者脸上的红晕呢，还是将死前的回光返照！

一部分人为着旁人的剥削，在饥饿中畜生似的沉默着，另一部分人却在舒适中兴高采烈的粉饰着太平，这现象是叫人不能不寒心的，如果他还有一点同情心与正义感的话。然而不知道是为了谁的体面，你还不能声张。最可虑的是不通世故而血气方刚的青年，面对这种事实，又将作何感想？对了，怕动摇抗战，但饥饿能抗战吗？粉饰饥饿就是抗战吗？如果抗战是天经地义，不要忘记当年的青年，便是撑持这天经地义最有力的支柱，可见青年盲目而又不盲目，在平时他不免盲目，但在非常时期他永远是不盲目的。原来非常时期所需要的往往不是审慎，而是勇气，而在这上面，青年是比任何人都强的。正如当年激起抗战怒潮的是青年，今天将要完成抗战大业的力量，也正是这蕴藏在青年心灵中的烦躁。这不是浮动，而是活力的脉搏。民族必须生存，抗战必须胜利。在这最高原则之下，任何平时的轨范都是暂时可以搁置的枝节。火烧上了眉毛，就得抢救。这是一个非常时期！

如果老年人中年人能负起责任，那自然更好，但事实上，战争先天的是青年人的工作（它需要青年的体质和青年的热情），所以如果老年人中年人肯负起责任，也只是参加青年的工作，或与青年分工合作，而不是代替青年的工作。战争既先天的是青年的工作，那么战时的国家就得以青年的意志为意志，虽则在战争的技术上，老年人中年人的智慧也是不可少的。

从抗战开始到今天，我们遭遇过两个关键，当初要不要抗战，是第一个关键，今天要不要胜利，是第二个关键，而第一个关键本来早已决定了第二个，因为既打算抗战，当然要胜利。但事实上目前的一切分明是朝着与胜利相反的方向发展，所以可怪的，是一部分人虽然看出方向的错误，却还要力持冷静，或从一些烦琐的立场，认为不便声张，不必声张。眼看青年完成抗战，争取胜利的意志必须贯彻，然而没有老年人中年人的智慧予以调节与指导，青年的力量不免浪费。万一还有人固执起来，利用他们的地位与力量，阻止了青年意志的贯彻，那结果便更不堪设想了。时机太危急了，这不是冷静的时候，希望老年人中年人的步调能与青年齐一，早点促成胜利的来临！大众的坚忍的沉默是可原谅的，因为他们是灾荒中生长的，而灾荒养成了他们的麻木，有着粉饰太平的职责的人们是可原谅的，因为他们也有理由麻木。可是负有领导青年责任的人们，如果过度的冷静，也是可怕的，当这不宜冷静的时候！

导读

　　作为一位民主战士，闻一多的心里燃烧着一团熊熊火焰，他愿意用自己的光和热驱散周围的阴霾，温暖中国土地上每一个遭受外敌侵害的国人。在本文中他从当初要不要抗战的问题延伸到要不要胜利的问题，指出抗战要有顽强的意志力，尤其"负有领导青年责任的人们"切不可在沉默中丧失抗战的初衷与立场。呼吁国民同心协力赶走为中国带来灾难与苦痛的豺狼虎豹。文章情感奔放，言辞犀利，表达了作者强烈的爱国热忱和势必取得抗战胜利的决心。

方志敏（1899—1935），原名方远镇，江西弋阳人。中国无产阶级革命家、军事家。1935年1月在江西怀玉山区遭国民党军队包围被俘，8月6日在南昌英勇就义。遗著有《可爱的中国》《狱中纪实》等。

清 贫

方志敏

我从事革命斗争，已经十余年了。在这长期的奋斗中，我一向是过着朴素的生活，从没有奢侈过。经手的款项，总在数百万元；但为革命而筹集的金钱，是一点一滴的用之于革命事业。这在国方的伟人们看来，颇似奇迹，或认为夸张；而矜持不苟，舍己为公，却是每个共产党员具备的美德。所以，如果有人问我身边有没有一些积蓄，那我可以告诉你一桩趣事：

就在我被俘的那一天——一个最不幸的日子，有两个国方兵士，在树林中发现了我，而且猜到我是什么人的时候，他们满肚子热望在我身上搜出一千或八百大洋，或者搜出一些金镯、金戒指一类的东西，发个意外之财。哪知道从我上身摸到下身，从袄领捏到袜底，除了一只时表和一支自来水笔之外，一个铜板都没有搜出。他们于是激怒起来了，猜疑我是把钱藏在哪里，不肯拿出来。他们之中有一个，左手拿着一个木柄榴弹，右手拉出榴弹中的引线，双脚拉开一步，做出要抛掷的姿势，用凶恶的眼光盯住我，威吓地吼道：

"赶快将钱拿出来，不然就是一炸弹，把你炸死去！"

"哼！你不要做出那难看的样子来吧！我确实一个铜板都没有存；想从我这里发洋财，是想错了。"我微笑淡淡地说。

"你骗谁！像你当大官的人会没有钱！"拿榴弹的兵士坚决不相信。

"绝不会没有钱的，一定是藏在哪里，我是老出门的，骗不得我。"另一个兵士一面说，一面弓着背重来一次将我的衣角裤裆过细地捏，总企望着有新的发现。

"你们要相信我的话，不要瞎忙吧！我不比你们国民党当官的，个个都有钱，我今天确实是一个铜板也没有，我们革命不是为着发财啦！"我再向他们解释。

等他们确知在我身上搜不出什么的时候，也就停手不搜了；又在我藏躲地方的周围，低头注目搜寻了一番，也毫无所得，他们是多么的失望呵！那个持弹欲放的兵士，也将拉着的引线，仍旧塞进榴弹的木柄里，转过来抢夺我的表和水笔。后来彼此说定表和笔卖出钱来平分，才算无话。他们用怀疑而又惊异的目光，对我自上而下地望了几遍，就同声命令地说："走吧！"

是不是还要问问我家里有没有一些财产？请等一下，让我想一想，啊，记起来了，有的有的，但不算多。去年暑天我穿的几套旧的汗褂裤，与几双缝上底的线袜，已交给我的妻放在深山坞里保藏着——怕国军进攻时，被人抢了去，准备今年暑天拿出来再穿；那些就算是我唯一的财产了。但我说出那几件"传世宝"来，岂不要叫那些富翁们齿冷三天？！

清贫，洁白朴素的生活，正是我们革命者能够战胜许多困难的地方！

一九三五年五月二十六日写于囚室

导读

本文是方志敏同志牺牲前在囚室中写下的一篇随笔散文。文章构思缜密，情节流畅，语言平实质朴。全篇没有慷慨陈词和激昂情绪，而是通过诙谐的语言讲述了一件实际上并不轻松的"趣事"。通过作者清贫、廉洁的生活作风，展现了一个无产阶级革命者对革命与生活的态度，表达了共产党人"矜持不苟，舍己为公"的高尚品格和艰苦奋斗的革命精神。

靳以（1909—1959），原名章方叙，天津人。中国作家。抗日战争胜利后积极参加民主革命运动。中华人民共和国成立后，曾任中国作家协会书记处书记、《收获》杂志主编等职。1959年加入中国共产党。代表作有《前夕》《血与火花》等。

红 烛

靳 以

为了装点这凄清的除夕，友人从市集上买来一对红烛。

划一根火柴，便点燃了，它的光亮立刻就劈开了黑暗，还抓破了沉在角落上阴暗的网。

在跳跃的火焰中，我们互望着那照映得红红的脸，只是由于这光亮呵，心也感到温暖了。

可是户外赤裸着的大野，忍受着近日来的寒冷，忍受那无情的冻雨，也忍受那在地上滚着的风，还忍受着黑夜的重压。……它沉默着，没有一点音响，像那个神话中受难的巨人。

红烛仍在燃着，它的光愈来愈大了，它独自忍着那煎熬的苦痛，使自身遇到灭亡的劫数，却把光亮照着人间。我们用幸福的眼互望着，虽然我们不像孩子那样在光亮中自由地跳跃，可是我们的心是那么欢愉。它使我们忘记了寒冷，也忘记了风雨，还忘记了黑夜；它只把我们领到和平的境界中，想着孩子的时代，那天真无邪的日子，用朴质的心来爱别人，也用那纯真的心来憎恨。用孩子的心来织造理想的世界，为什么有虎狼一般的爪牙呢？为什么有那一双血红的眼睛呢？为什么有鲜血和死亡呢？为什么有压迫和剥削呢？大人们难道不能相爱着活下去么？

可是突然，不知道是哪里的一阵风，吹熄了那一对燃着的红烛。被这不幸的意外所袭击，记忆中的孩子的梦消失了，我和朋友都噤然无声，只是紧紧地握着手。黑暗又填满了这间屋子，那风还不断地吹进来，斜吹的寒雨仿佛也有一点两点落在我的脸上和手上，凄惶的心情盖住我，我还是凝着那余烬的微光，终于它也无声地沉在黑暗中了。

我们还是静静地坐着，眼前只是一片黑，怎么样还能想得到那一对辉煌的红烛呢？怎么样还能想得到那温煦的火亮呢？什么都没有了，一切都消失了，我们只能静静地坐着。

于是我又想到原来我们是住在荒凉的大野呵，望出去重叠着的是近山和远山，那幽暗的深谷像藏着莫测的诡秘，那狰狞的树林也是无日无夜地窥伺着我们这里，日间少行人，夜里也难得有一个火亮的，我们原来是把自己丢在这个寂寞所在，而今我们又被无情的寒风丢在黑暗之中……

我们还只是坚强地坐着，耐心地等待着，难说这黑夜真是无尽的么？不是再没有雨丝吹进来了么？不是瓦上檐间的淅沥的雨的低语已经停止了么？风是更大了，林树在呼号着，可是它正可以吹散那一天乌云，等着夜蚀尽了，一个火红的太阳不是就要出来么？

"是，太阳总要出来的，黑夜还是要消失的！"我暗叫着，于是不再惋惜那一对熄了的红烛，只是怀了满胸热望，等待着将出的太阳。

一九四一年冬

导读

作者通过描写闪烁的烛光，与凄凉的除夕形成鲜明对比，抒发了自己苦中寻乐的心情。文章构思巧妙，通过虚实结合的手法将现实与理想交织其中，真切地体现了作者追求光明理想的愿望，表达了作者对反动势力的痛恨和反抗，对新生活的热爱和信心。

现代诗

叶挺（1896—1946），原名叶为询，字希夷，广东归善（今惠阳）人。中国无产阶级革命家、军事家。抗日战争全面爆发后，参与组建新四军并担任该军军长。1946年4月8日，由重庆飞往延安途中遇难。

囚 歌

叶 挺

为人进出的门紧锁着，
为狗爬走的洞敞开着，
一个声音高叫着：
爬出来吧，给你自由！

我渴望着自由，
但也深知道——
人的躯体哪能由狗的洞子爬出！

我只能期待着，那一天，
地下的烈火冲腾，
把这活棺材和我一齐烧掉，
我应该在烈火和热血中得到永生！

导读

1941年，国民党顽固派发动皖南事变，在这次事变中，叶挺被非法扣押入狱。入狱五年间，叶挺被辗转囚禁多地。在扣押期间，国民党政府多次对他进行威逼利诱，此诗正是叶挺在拒绝了蒋介石的劝降后所作。诗歌开篇，诗人便用"为人进出的门"和"为狗爬走的洞"这一鲜明对比，展现了内心对"自由"的叩问。在诗歌的第二、三节中，诗人急切地表达了渴望自由，但宁死不屈、绝不苟活于世的人格信念。

炉中煤

——眷念祖国的情绪

郭沫若

啊，我年青的女郎！
我不辜负你的殷勤，
你也不要辜负了我的思量。
我为我心爱的人儿
燃到了这般模样！

啊，我年青的女郎！
你该知道了我的前身？
你该不嫌我黑奴卤莽？
要我这黑奴的胸中，
才有火一样的心肠。

啊，我年青的女郎！
我想我的前身
原本是有用的栋梁，
我活埋在地底多年，
到今朝才得重见天光。

啊，我年青的女郎！
我自从重见天光，
我常常思念我的故乡，

我为我心爱的人儿
燃到了这般模样！

导读

　　本诗1920年2月3日发表于上海《时事新报·学灯》，后收入诗集《女神》。全诗句式整洁明朗、格律严谨顺畅。作者运用比喻和拟人的修辞手法，表达了对祖国无尽的思念与牵挂，同时也寄托了对祖国未来发展的殷切期望。郭沫若在评价自己的这首诗时曾说："五四以后的中国，在我的心目中就像一位聪俊的有进取心的姑娘，她简直就和我的爱人一样。""'眷恋祖国的情绪'的《炉中煤》便是我对于她的恋歌。"

郑振铎（1898—1958），笔名西谛，福建长乐（今福州市长乐区）人。中国作家、文学史家、翻译家。抗日战争期间，在上海创办《救亡日报》，坚持救亡图存工作。中华人民共和国成立后，历任文化部副部长、文物局局长等职。1958年在出国访问途中因飞机失事遇难。代表作有《取火者的逮捕》《俄国文学史略》等。

我是少年

郑振铎

一

我是少年！我是少年！
我有如炬的眼，
我有思想如泉。
我有牺牲的精神，
我有自由不可捐。
我过不惯偶像似的流年，
我看不惯奴隶的苟安。
我起！我起！
我欲打破一切的威权。

二

我是少年！我是少年！
我有喷腾的热血和活泼进取的气象。
我欲进前！进前！进前！

我有同胞的情感，
我有博爱的心田。
我看见前面的光明，
我欲驶破浪的大船，
满载可怜的同胞，
进前！进前！进前！
不管它浊浪排空，狂飙肆虐，
我只向光明的所在，进前！进前！进前！

导读

　　本诗发表于1919年出版的《新社会》创刊号。全诗一共用了二十个"我"，展现了青少年反抗压迫、追求光明、进取向上的时代精神。叶圣陶曾评价这首诗："是当时年轻一代觉醒的呼声。"本诗语言质朴简洁，节奏轻快明亮，读来慷慨激昂，感染力十足，彰显了五四时期青年的爱国情怀和民族精神。

一句话

闻一多

有一句话说出就是祸，
有一句话能点得着火。
别看五千年没有说破，
你猜得透火山的缄默？
说不定是突然着了魔，
突然青天里一个霹雳，
爆一声：
"咱们的中国！"

这话教我今天怎么说？
你不信铁树开花也可，
那么有一句话你听着：
等火山忍不住了缄默，
不要发抖，伸舌头，顿脚，
等到青天里一个霹雳，
爆一声：
"咱们的中国！"

导读

闻一多从美国留学归来后，因有感于山河凋敝，而作此诗。本诗语言平实质朴，结构整齐有序，处处彰显着诗歌的韵律美和建筑美。作为诗歌《发现》的同期作品，这首诗也被称为闻一多表达爱国主义诗情的结晶之一。在诗歌中，作者利用隐喻等修辞手法，含蓄而形象地表达出对军阀和列强的憎恶与蔑视，同时更是深深地表达出了自己对祖国的赞美与热爱。臧克家认为诗中所言的"突然青天里一个霹雳，爆一声：'咱们的中国！'"是一个应验的预言。

老舍（1899—1966），原名舒庆春，字舍予，北京人。中国作家。全国性抗战期间，任中华全国文艺界抗敌协会总务部主任。1950年因创作话剧《龙须沟》，被北京市人民政府授予"人民艺术家"称号。曾任中国文联副主席、北京市文联主席等职。代表作有《骆驼祥子》《四世同堂》《正红旗下》等。

战

老 舍

东亚文化之母，

这五千年和蔼的古邦，

没有过铁血的崇拜，

没有过侵略的疯狂，

就是从佛土摹得一点迷信，

也不过要群生普渡，爱及牛羊。

可是今天我们血流成海，

整个的民族拿起刀枪：

离弃了祖坟所在的田园村舍，

任秋风秋雨打坏了豆蔓瓜秧；

诀别了红衫蓝裤的小儿女，

驱着辕马耕牛走上战场；

黄风自荒沙大漠上吹起，

血腥从北国荡到珠江；

静美的农村，繁华的城市，

斑斑的血迹，连天的火光；

工农商军齐在呐喊，

炮火与杀声撼动着礼乐之邦。

为何呐喊？

谁的主张？

五千载的博衣大带，

怎么一日改换武装？

啊，全民族的呐喊！

全民族的主张！

有口的谁肯沉默！

有心的谁肯投降！

不从血里把和平建起，

和平的古国今朝就灭亡！

走，我们迎上前去，

力壮的拖炮，力小的担筐！

再见，亲爱的妻女，

再见，年迈的爹娘！

也许迎敌在黄河的渡口，

也许殉难在没有想到过的地方；

今朝我们无泪可洒，

舍身为国，先舍了故乡！

听，机关枪在黑夜狂笑，

看，东海的倭寇在烧掠村庄！

迎上去，我们为这个而战，

为不做奴隶，为国家的兴亡！

在平日，我们汗滴禾下土；

今天啊，用血洗净被辱的故乡！

千百代的祖先埋在这里，

谁能不死，走，拼死去保住祖邦！

炮声压不下我们的歌唱，

草笠上的露珠闪着金光；

青天作幕，守住我们每一寸国土，

为国雪耻，管什么冷暖风霜！

我们高唱，歌声悲壮，

为自由，为自由，齐赴沙场；

历史的光荣，当仁不让，

要作今天的岳武穆、文天祥！

对着患难，我们把胸挺起，

在礼教中长起，为正义而刚强；

并非好武，

不是疯狂，

对不许我们自由活着的，

我们毫不迟疑的拿起刀枪！

导读

全国抗战爆发后，老舍担任中华全国文艺界抗敌协会理事兼总务部主任，主持"文协"工作，为团结和组织广大文艺工作者参加抗日救亡运动做出了积极贡献。本诗发表于1939年10月10日出版的《抗战文艺》杂志。当时老舍随作家战地访问团在前线慰问战士，面对残酷的战争，老舍写下了这篇《战》，表达了自己誓死抗战的决心。臧克家称赞这首诗"唱出了整个中国人民的心声，读了令人气壮"。

戴望舒（1905—1950），杭县（今杭州）人。中国现代派象征主义诗人。抗日战争期间在香港参加进步文化运动。1941年，日军占领香港后被捕入狱，1942年获释。1950年在北京病逝。代表作有《雨巷》《元日祝福》等。

我用残损的手掌

戴望舒

我用残损的手掌
摸索这广大的土地：
这一角已变成灰烬，
那一角只是血和泥；
这一片湖该是我的家乡，
（春天，堤上繁花如锦幛，
嫩柳枝折断有奇异的芬芳）
我触到荇藻和水的微凉；
这长白山的雪峰冷到彻骨，
这黄河的水夹泥沙在指间滑出；
江南的水田，你当年新生的禾草
是那么细，那么软……现在只有蓬蒿；
岭南的荔枝花寂寞地憔悴，
尽那边，我蘸着南海没有渔船的苦水……

无形的手掌掠过无限的江山，
手指沾了血和灰，手掌黏了阴暗，
只有那辽远的一角依然完整，

温暖，明朗，坚固而蓬勃生春。
在那上面，我用残损的手掌轻抚，
像恋人的柔发，婴孩手中乳。
我把全部的力量运在手掌
贴在上面，寄与爱和一切希望，
因为只有那里是太阳，是春，
将驱逐阴暗，带来苏生，
因为只有那里我们不像牲口一样活，
蝼蚁一样死……那里，永恒的中国！

导读

　　在诗歌第一部分，诗人在想象中用"残损的手掌"触摸到了长白山的雪峰、黄河的泥沙、江南水田里的禾苗、岭南的荔枝花等昔日壮美景观，抒发了诗人对祖国广袤大地深深的眷恋，而如今只剩下"血和泥"，表达了诗人对沦陷区黑暗现实的愤慨和内心深处的悲痛。诗歌的第二部分是诗人的情绪转换，尽管"手指沾了血和灰，手掌黏了阴暗"，但这只"残损"的手掌终于能够触碰到"依然完整"的"辽远的一角"，那里温暖、明朗，生机勃勃，能够寄予爱和希望。诗人通过一系列温馨、充满希望的词汇，表达了对解放区的深情赞美，同时又通过"残损"与"完整"，"黑暗"与"光明"的对比，抒发了对祖国未来的无限憧憬。

蒲风（1911—1942），原名黄日华，广东嘉应（今梅州）人。中国诗人。1938年加入中国共产党。1942年因病逝世。中华人民共和国成立后，被追认为革命烈士。代表作有《黑陋的角落里》《儿童赤卫队》等。

我迎着风狂和雨暴

蒲 风

哦！我复投身于炎夏的烘炉。
我归来，我又复迎着风狂和雨暴！

哦哦！祖国，头尾三年，
我离开了你的怀抱；
如今，我归来——
太空掀起了滚滚云涛，
黯澹里有闪电照耀；
闷热冲起自地心，
响雷在天空，响雷也轰动在心头。
我看惯，在小岛，魔鬼在跃跳，
在海外，我听惯太平洋的嘶吼！
如今，我带回了发动机的热和力，
我要把魔鬼当柴烧，
我要配足马力哟，
我的力的总能
要像那五大海洋的怒潮！
我不问被残杀了多少东北同胞，

我要问热血的中国男儿还有多少。
我要汇合起亿万的铁手来呵，
我们的铁手需要抗敌，
我们的铁手需要战斗！

战斗吧，祖国！
战斗吧，为着祖国！
不要怕别人的军舰握住咽喉，
我们要鼓起气力把这些秽物逐出胸头！
——滚开那些秽物吧，
扬子江，大沽口，珠江，
我们要掀起铁流群的歌奏！
天津，上海，威海卫，烟台，
青岛，福州，厦门，汕头，
我们要让每一粒细砂也都怒吼。
从云南，从塞北，从四川，
我们的热血男儿哟，谁愿落后！
铁的纪律维系我们的行列，
来吧，我们的胜利
建立在我们的顽强的苦斗！

哦哦！北方早已卷起了云潮！
哦哦！四方的雷电同在响奏！
——别让闷热冷却在地心呵，
我归来，我正迎着风狂和雨暴，
怒吼吧，祖国，
这正是时候！

一九三六年七月一日

导读

　　本诗创作于1936年，是蒲风自日本回国后创作的一首爱国诗歌。诗歌结构回环往复，语言铿锵有力，在全国性抗日战争即将打响之际，诗人满怀着对祖国的牵挂与热爱，控诉了侵略者屠杀东北同胞的残忍罪行，激励着亿万中华"铁手"奋力抵抗、保卫家园，表达了诗人迎难而上、夺取胜利的强烈信念！

何敬平（1918—1949），四川巴县（今属重庆市）人。早年参加过"救国会"等抗日救亡运动，1945年加入中国共产党。1948年被捕，次年被杀害于渣滓洞监狱。

把牢底坐穿

何敬平

为了免除下一代的苦难，
我们愿——
愿把这牢底坐穿!
我们是天生的叛逆者，
我们要把这颠倒的乾坤扭转!
我们要把这不合理的一切打翻!
今天，我们坐牢了，
坐牢又有什么稀罕?
为了免除下一代的苦难，
我们愿——
愿把这牢底坐穿!

一九四八年夏于渣滓洞

导读

本诗围绕"为了免除下一代的苦难，我们愿——愿把这牢底坐穿!"这一句反复吟诵，旨在表达"我们"坚持到底的信念就是要扭转颠倒的乾坤、打翻不合理的一切，进而深刻表达了革命者心系人民、舍身忘我的理想与追求。在时局混乱的动荡年代，革命者为了给人民谋幸福，为了给国家谋出路，在生死关头，他们不惜"把牢底坐穿"，深刻传递了当时革命者的乐观主义精神与矢志不渝的革命决心。

陈辉（1920—1945），原名吴盛辉，湖南常德人。1937年加入中国共产党。曾任晋察冀边区通讯员、记者，同时也是一位满腹才情的战地诗人。

为祖国而歌

陈　辉

我，
埋怨，
我不是一个琴师。

祖国呵，
因为
我是属于你的，
一个大手大脚的
劳动人民的儿子。

我深深地
深深地
爱你！

我呵，
却不能，
像高唱《马赛曲》的歌手一样，
在火热的阳光下，

在那巴黎公社战斗的街垒旁，
拨动六弦琴丝，
让它吐出
震动世界的，
人类的第一首
最美的歌曲，
作为我
对你的祝词。

我也不会
骑在牛背上，
弄着短笛。
也不会呵，
在八月的禾场上，
把竹箫举起，
轻轻地
轻轻地吹；
让箫声
飘过泥墙，
落在河边的柳荫里。

然而，
当我抬起头来，
瞧见了你，
我的祖国的
那高蓝的天空，
那辽阔的原野，

那天边的白云
悠悠地飘过，
或是
那红色的小花，
笑眯眯的
从石缝里站起。
我的心啊，
多么兴奋，
有如我的家乡，
那苗族的女郎，
在明朗的八月之夜，
疯狂地跳在一个节拍上，
你搂着我的腰，
我吻着你的嘴，
而且唱：
——月儿呀，
亮光光……

我的祖国呵，
我是属于你的，
一个紫黑色的
年轻的战士。

当我背起我的
那支陈旧的"老毛瑟"，
从平原走过，
望见了

敌人的黑色的炮楼，
和那炮楼上
飘扬的血腥的红膏药旗，
我的血呵，
它激荡，
有如关外
那积雪深深的草原里，
大风暴似的，
疾驰而来的，
祖国的健儿们的铁骑……

祖国呵，
你以爱情的乳浆，
养育了我；
而我，
也将以我的血肉，
守卫你啊！

也许明天，
我会倒下；
也许
在砍杀之际，
敌人的枪尖，
戳穿了我的肚皮；
也许吧，
我将无言地死在绞架上，
或者被敌人

投进狗场。
看啊，
那凶恶的狼狗，
磨着牙尖，
眼里吐出
绿色莹莹的光……

祖国呵，
在敌人的屠刀下，
我不会滴一滴眼泪，
我高笑，
因为呵，
我——
你的大手大脚的儿子，
你的守卫者，
他的生命，
给你留下了一首
崇高的"赞美词"。
我高歌，
祖国呵，
在埋着我的骨骼的黄土堆上，
也将有爱情的花儿生长。

导读

　　本诗格律自由，语言清新质朴，情感饱满真挚。诗中的"我"是一个"大手大脚的劳动人民的儿子"，这是诗的语言，更是诗人的真实写照。诗人以儿子的名义表达了自己愿用血肉之躯守护祖国的决心，抒发了对祖国深沉而炽热的爱。

余祖胜（1926—1949），笔名苍扉，江西湖口人。中国共产党党员。1948年因《挺进报》事件被捕，次年11月27日牺牲于渣滓洞监狱。代表作有《晒太阳》《火焰献词》等。

明 天

余祖胜

我伏在窗前，
让黑夜快点过去。
希望的梦呵——
总是做不完的。
黑夜里总有星光，
白天怎能叫太阳躲藏？
明天，是个幸福的日子，
明天是我的希望！

一九四七年春

导读

这首诗歌写于春天，诗人虽然身陷囹圄，但充满了对光明、希望与幸福的渴求。文中的"星光"和"太阳"就是革命者的坚定信念与必胜决心，"明天"意味着新中国的诞生。诗人把一切都寄托在了明天，因为明天就能迎来新的希望，看到新的中国。诗歌虽短小简洁，但概括力强，寥寥数句，充满热情与能量，给人希望与光明。通过这些语言，我们能深切地感受到诗人那颗火热的爱国之心，以及澎湃的革命激情。

舒婷（1952— ），原名龚佩瑜，福建泉州人。中国作家、诗人，现代朦胧诗派代表人之一。历任福建省作协副主席、厦门市文联主席等职。代表作有《致橡树》《双桅船》等。

祖国啊，我亲爱的祖国

舒 婷

我是你河边上破旧的老水车，
数百年来纺着疲惫的歌；
我是你额上熏黑的矿灯，
照你在历史的隧洞里蜗行摸索；
我是干瘪的稻穗，是失修的路基；
是淤滩上的驳船
把纤绳深深
勒进你的肩膊，
——祖国啊！

我是贫困，
我是悲哀。
我是你祖祖辈辈
痛苦的希望啊，
是"飞天"袖间
千百年未落到地面的花朵，
——祖国啊！

我是你簇新的理想，
刚从神话的蛛网里挣脱；
我是你雪被下古莲的胚芽；
我是你挂着眼泪的笑涡；
我是新刷出的雪白的起跑线；
是绯红的黎明
正在喷薄；
——祖国啊！

我是你的十亿分之一，
是你九百六十万平方的总和；
你以伤痕累累的乳房
喂养了
迷惘的我、深思的我、沸腾的我；
那就从我的血肉之躯上
去取得
你的富饶、你的荣光、你的自由；
——祖国啊，
我亲爱的祖国！

导读

　　本诗写于1979年4月，同年7月在《诗刊》发表。当时还是灯泡厂工人的舒婷在焊灯泡时突发灵感，由此创作出这首经典作品。《祖国啊，我亲爱的祖国》反映了旧时中国的落后与苦难，同时也展现了今日中国的奋起与觉醒，表达了作者对祖国无尽的热爱与赞美之情。诗歌的前两节凝重、沉郁，后两节轻快、明亮，先抑后扬的写作手法，使情感的表达更加饱满、自然，沉淀着祖国浓厚的历史记忆，迸发着强劲的时代脉搏。